静坐半日，落了一肩的木樨花，好似挑下了一担的芳芳。直指内心，一个个说故事的身影，以亲昵的姿态，流淌而来。二十年前，听故事的小姑娘，爬梳体悟，沉吟追寻，安安静静地研磨一段芳香。

木樨花下

李文萍 —— 著

百花洲文艺出版社
BAIHUAZHOU LITERATURE AND ART PRESS

图书在版编目（CIP）数据

木樨花下 / 李文萍著. -- 南昌：百花洲文艺出版社，2023.1

ISBN 978-7-5500-4813-3

Ⅰ.①木… Ⅱ.①李… Ⅲ.①散文集 - 中国 - 当代 Ⅳ.①I267

中国版本图书馆CIP数据核字(2022)第194955号

木樨花下

MUXI HUA XIA

李文萍　著

出 版 人	章华荣	
责任编辑	安姗姗　黄　莹	
设计制作	胡益民	
出版发行	百花洲文艺出版社	
社　　址	南昌市红谷滩区世贸路898号博能中心一期A座20楼	
邮　　编	330038	
经　　销	全国新华书店	
印　　刷	湖北金港彩印有限公司	
开　　本	720 mm × 1000 mm　1 / 32	
印　　张	5.625	
版　　次	2023年1月第1版	
印　　次	2023年1月第1次印刷	
字　　数	120千字	
书　　号	ISBN 978-7-5500-4813-3	
定　　价	39.80元	

赣版权登字　05-2022-218

邮购联系　0791-86895109

网　　址　http://www.bhzwy.com

图书若有印装错误，影响阅读，可向承印厂联系调换。

序 言

在《木樨花下》中大部分作品完稿之后，我总是有幸成为第一个读者。作者常让我点评一二，可我的学识尚且浅薄并不能有效地帮助她，世人常说人类的悲喜不能相通，但在这些作品中我却时常能够感同身受。新作不断地发给我已有一年多了，严格来说我并不算一个称职的读者，因为时常会因事而无法第一时间进行阅读，或者因为自身见解平平而无法对作品提出有效的改进建议，但每次读完文字，我都深陷其中。

某一个时代终究会过去，但总有一批人在那个时代生活过。在时代无法改变的情况下，是像凤娥一样义无反顾纵身跃入命运设下的沟壑激流，还是像木媖一样老来思变在余生为自己做主重生一次。是像丁招秀那般逆来顺受唯唯诺诺一生，还是像刘老嫂开辟戏曲新潮成为乡邻典范。相似背景下的不同选择，人生轨迹竟能有如此大的区别。一个人若没有良善的品质，角色转变时或许会成为不同的人，但绝不会变成更好的人。度日无欢的老人总是要兴风作浪制造乌云吗？之前我也曾无法理解她们因老化曾做过的恶，认为没有坏心思是对这群自私自利之人的莫大宽容之辞，可是现在想想也确实没有什么值得去深究争辩的了，既然无法苛责她们改变，不如接纳所有的存在让它过去。

仿佛每一个村里总有那么几个外乡人和一个喜欢说话的"大嘴巴"，当我第一次听说小王巷时我万万没有想到它是这样的来历，就像小王的人生经历一样曲折而离奇，令人唏嘘动容。人的一生总要有什么作为寄托吧，在那"过咸"的时光里，在那贫瘠的岁月中，仅存的希望如果也要被抽丝剥茧般侵蚀，那或许逝去是更好的解脱吧。莲香的牙齿不知道掉光了没有，多年来遭受的毒打也不能改变平生之所愿，新晋的导游角色倒是符合她的个性，那裸露的龅牙结合她特有的腔调和表达方式，应该可以给游客增添一丝笑意吧。当一个人可以活在自己的世界里而不影响他人，这未尝不是一种幸福。

我也曾听到那些因受老一辈重男轻女、男尊女卑思想影响而发生的不幸，可是我不曾想过竟能恶劣残酷到如此地步。当传统成为共识，施暴者便可心安理得享受性别带来的优越感，对他人颐指气使；当思想深入人心，受害者也可逆来顺受豁去一生。世人总是会横加赋予他们自身本不应有的禁锢，以所谓的职责和传统为由，牵制一个人的一生。那些活在旧历的人为何至死都那么刚强坚毅呢，滔滔斯世，一生曲折不过百年，临末了，发得和香云公终究没能盼来他们固执的守望，含恨离世。

是否旧社会的女性都是短视而愚昧，毕生只能以香火传承为己任，矢志不渝。是否男尊女卑与生俱来，万事称颂而无子之患便可将其置于深渊浩劫。六月的马苋菜生生不息，深扎贫瘠长于石缝也要蓄势待发冲出岩层，不屈命运的荣华里拼尽全力都要活出自己的风采，未能完成使命召唤弟弟的金娣也凭借自己的独立能干在妇幼保健院找到了自己的新天地，弥补了自己的缺憾。一辈子只认真做一件事，只待在一个地方，这是旧时代很多人的宿命。改革开放之风悄然改变着我们，但也有一批人被遗忘，她们因循守旧以家族为己任，以瘦小的身躯扛起一生风雨，生命本如画卷，随卷而开，随示而闭，彼时乡村之妇人，大抵殊途同归，根姚、高嫂、艾嫂等人的经历让人不忍卒读，她们奉献一生，把自己活成了供养他人的牛粪。我曾看过大磨和小磨的照片，真是不得不让人感叹基因的神奇，原来两个不相投的人连他们的子女也要从相貌上将其区分开来，满腹经纶的庆才叔一辈子都生活在火英嫂的庇护和关照中，却因为他的发迹仿佛连他之前的两袖清风绝世独立都变得高尚起来，自诩的牛粪和无缺的花瓶也并不是那么恰如其分吧。大概正直严谨就是村里那些少数知识分子的标签，可是在女儿小芳出嫁时我也看到了小元不能自已时流露的真性情，在家国观念指引下劝诫孙女慎重考虑韩国之行的循循教导。其他像以剃头为业却因时代变迁导致无人问津的同福兄，勤恳踏实以农事为乐却因脚伤而无法下田的秋元，身不由己委身倒插门的财元等人，都不同程度地被赋予了时代的烙印，活在了人们的记忆当中。

木樨花下那个站在树下的姑娘，用一支笔把那一代人的前世今生艰难岁月化为铅字，记录下他们"过咸"的时光。当我问到作者为何以此为书名，有何寓意时，她这样说道："只是希望做一个微小的记录者，把那一代人的经历，如石激水面般，让人看到一点痕迹，即使终究要归于久久的沉寂。"

这不是为多数人写的作品，因为对于大多未在乡村生活过的人来说，这些故事是无法产生共鸣的未知世界。在我高中时，我也和我的同学讲述过我年少时村中发生过的奇闻趣事，可是从他好奇惊讶的表情中我发觉并不是每个人的成长都是相似且能感同身受的，一瞬间我竟然有了知音难寻的沮丧失落之感。为了更贴近事实，作者曾向村中掌事的华明爷爷了解村中世事，遍访左邻右舍探析人物生平事迹，只为尽可能完整地向读者展现书中人物的形象特质。

人若有了乡情，大概可以被赐予某种不可名状的力量，在被潜移默化的乡俗影响的同时也能在快节奏的现代文明中找到一丝理性的根。可能对大多数读者来说这不是一部轻松愉快的作品，甚至有些内容让人感到沉重窒息，但如果愿意从书中去找寻一丝对时代的宽慰和容忍，或许也能得到面对现实的勇气和信心。

老王

2022 年 1 月 11 日

目 录

国昌校长 / 001

国义老师 / 008

火英嫂 / 016

荣华里 / 024

包里嫲嫲 / 031

罗英嫂 / 038

荷香嫂 / 044

金 娣 / 050

高 嫂 / 057

木 媖 / 065

同福兄 / 074

刘老嫂 / 080

小　王 / 089

丁招秀 / 096

五兄妹 / 102

艾　嫂 / 128

香云公 / 135

莲　香 / 141

菊的妹 / 149

根　姊 / 154

元香婶 / 160

后　记 / 166

国昌校长

—— 敲铃的人

　　翻旧如新的希望小学悬挂着锈迹斑斑的铜铃，曾一度敲响几代人学习时启蒙的警钟。教学楼整体的面貌都已焕然一新，内室的桌椅设备也与时俱进，只剩下二楼悬挂在教师办公室门口生锈的铜铃和那个银发鹤龄的守楼人还承载着旧时的痕迹。

　　三层楼十几间教室的希望小学，已经沉寂了好久，现如今存在的意义好似只是给游人一个坐标，提供拍照。改革开放后，城镇化高速发展，乡村学校随着人口的外迁，慢慢变得人去楼空。学校坐落于红石广场的中央，早先是村里公社储存粮食的地方，后来就腾出了一间给孩子上课用，国昌校长是这里的第一个老师，也成了这里最后的守护者。公社化运动结束后，不再需要集体的粮仓了，这个地方就成了专门办学的学校。起初学校只有一个年级，年龄差不多的孩子放在一个班，国昌老师念过私塾，学问高，且算术、语文、

国昌校长辛勤劳动的背影

吹拉弹唱都能教，虽然只有一个老师，却丝毫不影响课程的丰富程度。到了农忙的时候，鸟要起早觅食，人要抢着收割，农村更没有闲人，来上学的孩子也会被国昌老师带出去上农作实践课。家庭联产承包责任制实行后，家家户户都分到了田地，能自己安排、有计划地去耕作。中年人成了农耕的主力军，老人可以留在家里忙忙家务平整菜园，孩子为了有出路都会去学堂念书，在那个年代考上了大学就有稳定的公粮吃了。

　　起初，国昌老师教孩子都是为了拉扯孩子长大一些，但当他们手脚有劲了就要投入到土地上去施展，几乎没有人想通过知识去探索命运的触角。教室的玻璃有破损的地方，常常让学生们感受到有风叩户，有雨打窗，竟无形中为学生们的课堂增添了些许诗意。每次打雷时，临窗的学生就要往里挪，怕雷通过笔触霹在人身上。国昌老师的普通话不太标准，那个时候也没有大力地提倡，他在课堂上都是用方言授课，用方言念诗踩着韵脚，还会有摇头晃脑的节奏感。有时他让学生们念，他坐在讲台前拉着二胡，为大家配着乐，本流淌于高山流水的意境之中，常常因为他一边拉着曲子一边卖力地用脚打着拍子，使人心绪游离。

　　国昌老师教算术是从让学生打算盘开始的。早先的人没有计算机，小数都是靠心算，大一点数目就要借助算盘，会打算盘也是一门手艺，生产队里的会计没有别的本领，单单算盘打得好，就有了吃饭的本领。国昌老师把加减乘除的法则都融入算盘里，课堂上举的例子也多是实操，算算家里豆子的收成、谷物的净重量、芝麻的出油率等，孩子们学到的东西都能立马运用到生活里。父辈不通乐理，但只要入过国昌老师的学，都能开得了喉，唱得几首美声，有兴致的人还能拉得一两首二胡曲。国昌老师学过乐律，也许是自己讲不通或者觉得理论知识灌输不了农村的夜莺，于是常常单刀直入，一个学期就教一首歌或者手把手授一首曲子，学生只管老师教啥就学啥，一句跟着一句唱，拉二胡一个姿势跟着一个姿势模仿，读书不求甚解，可就是学到几首歌、拉一两首曲子都够一代人一辈子自娱自乐了。

　　"文革"结束后，高考恢复，读书与考试紧密地捆绑在一起，学校开始有了一定的规模，从农村的论资排辈上，国昌老师当了第一任校长。从原来的一个班，分成了三个年级三个班，孩子们能在村里从一年级念到三年级，学校请了几个村里读过书的人留下来当"赤脚老师"，学生的课程内容慢慢开始从教材书本启蒙，学习语文、数学、体育等教育部指定科目。国昌校长念不好普通话，就把教主课的任务给了稍稍年轻的老师，自己教些音体美等副课，这样他也不用迂回于某个班，而是每个年级的每个孩子他都要去授课，音乐、体操、国画他都教得很投入。随着国家对乡村教育的支持力度加大，孩子们对于受教育的需求更加渴切，从原来的三个年级扩展到了五个年级，基本上可以让孩子在村里完成小学教育。学校发展到顶峰时期，曾有过两百多名学生，镇里也派了好多师范专业的老师来乡村支教。国昌校长很少过问孩子们的成绩，他更加看重文艺生活。而支教老师把提高学生的文化分数当成自己的教学成绩，当成将来评职称和调到县市里去的筹码。国昌校长是本土者，没有想过离开，一辈子待在一个地方，做一件事。

　　花开在枝头，朵朵璀璨，萎了的没有结成果，再好的花，也都会让人遗忘曾盛开的美好。城里好点的中学都要通过考试成绩选拔，在村里念书的孩子虽有一段天真无邪的童年时光，却增添不了分数的色彩。年轻的老师给国昌校长提议，要延长孩子们学习的时间，增加课外的辅导材料，国昌校长都拒绝了，他固执地守着自己的教育法则：学习是为了让孩子们体悟学习的快乐，将来无论从事什么工作都能有思想有情趣地生活。当城里的学校不断征订各种教辅图书时，国昌校长用自己的工资给学校置办了一台木质的电子琴，还在学校旁的泥巴地里开辟了一个足球场。内卷化从娃娃抓起，上不了好的中学，继而录取名牌大学的概率下降，好似接下去是找不到好的工作，从而会有一个不太圆满的人生。大人们就用着这样的观念臆想着，一窝蜂似的要让孩子早早地接受"高等"教育。在外经商或者务工就把孩子带到身边接受大城市的教育；有些在乡下务农的也要铆足了劲，把孩子送去城里的寄宿学校。二十世纪初这所希望小学渐渐地凋敝了，几年之内学生大量地流入城里，最后只剩下几个父母离异跟着年迈的爷爷奶奶生活的孩子。据说又过半年，学校只剩下三个老师两个学生。随着最后两个孩子的离去，支教老师都被调回城里了，唯有国昌校长一个人仍坚守着。多年以后，当城里的孩子回想起自己儿时的音体老师常常生病，且生病的消息总是语数老师来传达时，国昌校长的学生总是能欢快地想起童年天地间潇潇的音乐声，那奔跑在泥泞地里昂扬的青春。教育在不同的时代有不一样的呼喊，我们允许存在个性迥异的孩子，更要尊重和而不同的教育工作者。

　　喊山，山如如不动；喊水，水不改其道。希望小学没有了学生，国昌校长也退休了，可他还是一个人早晨去打开校门，扫扫操场上的落叶和灰尘，戴着老花镜，捧着本书坐在办公室。现在已经没有学生会来了，但村里的老人常来学校里坐坐，国昌校长像管着一群老小孩，他弹琴伴奏，其他的老人家能唱的会跟着唱，唱不来的也会用手脚打着拍子。华美的篇章没有落幕，教室里没有了孩子，却一直有着欢快的歌声。有时候村干部也请国昌校长给大家上村规民约课，普及中国的传统美德。文化总是源远流长有迹可循，节庆上的事，家里婚丧嫁娶的事，大家都会请国昌老师讲讲渊源，提点一些习俗和禁忌，大家也都很信赖他，许多事仿佛从他的嘴里说出来，便如同是老祖宗的旨意，让人安心，按着做就一定不会出错。

　　渐老的身子也担着一肩的明月，两袖的清风。市里公交公司拨款给希望小学，村里已经没有学生了，这笔钱原是顺理成章落到这个学校唯一的老师身上，可是国昌校长没有自己留着，而是重新去粉刷了学校，置办了投影仪给老人家用来看看电影，还安装上了能通到全村的喇叭。一个废置无人的学校成了一个多媒体中心，成了村里的中枢系统，每一笔费用他都公示在学校的板报公告栏里，来来往往的人都能看见，许多游客把这样端正粉笔字算的账拍进了镜头，好似也撷取了这样一份廉洁的果。

　　眼前的一切都焕然一新，唯有那个站在二楼个子矮小、满头银发的老人才有时光的痕迹，他一个人站在楼上，端详着往来的人，迎送着朝来暮往，二胡声里有盲人阿炳记忆中的映月。

　　从前，晨起时，他会踮着脚，拿着棒子，敲三声铜铃，孩子们都知道要上课了。

每一个落日，当他再敲响三声铜铃，预示着放学了孩子们可以归家了。

时至今日，希望小学没有学生了，国昌校长还是自己坚守着，十几年如一的晨时，来到学校，踮着脚晃动着笨拙的身体，用力地敲三声铜铃。

夕阳下，他的仪式感便是回敲三声铜铃，回应着这一日的结束。

启蒙时，因为有幸被敲响过警钟，所以无论身在何处都常常自省自律，不能心安理得地荒废度日、昼夜颠倒，仿佛有个人常在耳边敲着铜铃。

国义老师
——一个人是一支标杆

　　红石广场上天宽地阔，往前延展是一片碧光流淌的湖，湖的正中央坐落着一座乡心亭，不偏不倚宛若天平砝码的归零处。晨光夕照的倒影被湖面拉得长长的，反照着国义老师家金色的匾——道德世家。

　　门匾下院墙里围落一栋大宅子，亭台水榭成景，侧对着广场的戏台。常常引得游人旅客驻足，与周边的独院老宅相比，自有钟鸣鼎食之家之味。那块地是祖上传下来的，虽一到雨季湖水漫延就会浸着屋子，但祖祖辈辈还是舍不下，扎了根的记忆不怕水的泡发。国义老师的父亲过世后，家里五六个兄弟合着一起做了那栋宅子。宅院落成后，村里的泰斗为其题上了匾，沿袭家风标榜为"道德世家"。

　　国义老师家里有五六个兄弟和几个姐妹，父母都是村里老实巴交的农人，一辈子勤勤恳恳地种地，拉扯一群孩子长大。只要孩子

德胜楼广场

愿意读书也都会让孩子进学堂，读书本身的学费并不贵，只是孩子去读书了，家里就会少一个劳动力，原本拮据的家庭就只能再紧一紧。既不鼓励也不劝退，但农人本身吃苦耐劳的精神给孩子就是无形的教育。晨起耕耘，带月荷锄，国义老师爱读书，为了读书愿意比其他同学付出得更多，夏种秋收时总是先和家里人去田地里忙活，再收拾自己身上的泥土，拍拍灰尘，载欣载奔地去学堂。大部分念书的孩子从村里先生处毕业了，也就停了学。多数人送孩子去读书，没有想过孩子能通过读书改变命运；而是觉得半大的孩子，家里没人能带着，做农活还使不上力气，刚好送到学堂有先生看着，有人帮着带。若是上进能学些礼数回来，就是意外之喜，像是一粒玉米粒，发一颗芽，一般情况只长一个玉米，若多开了一朵花长了两个玉米，就能给人大丰收的喜悦。国义老师从村里毕业后每天走路到公社里去求学，接受更高层次的学问，农耕的家庭不会刻意栽培，但是出了读书人也是要全力保驾护航的。兄弟几个没有去挤兑，让国义老师能安心求学，不问结果。国义老师在公社里接受教育后就回到村里去给后一辈教书，想要把自己学到的东西传承下去。起初教学没有工资，都是队里给记些工分，算半个劳动的工，他也不计较什么，上完了课就会到地里去干活。他是个真正把学问和劳作一块下功夫的人，常常蹲在田埂上，用一个小树枝给孩子们讲起了题，也给乡亲们讲水车灌溉的原理。后来村里老老少少都叫他国义老师，本不是都受过他的课堂教育，只是在课堂外的天宽地阔里，他都是一副埋守耕耘的师者形象，让人都不由地做了学徒。

　　时间的浪潮，冲涤了记忆的河道，情感与爱都沉浮其中，人们纷纷怀疑没有不变质的东西。一个伟岸挺拔的儒生，牵着一个灰白头发，像背着人生行囊包袱的驼妇人，穿梭在时间和空间的行列里，好像一切都凝固了。这一牵手就是一辈子。国义老师的妻子比他大五岁，两个人是自由恋爱的，旁人都不看好的婚姻，从黑发看到白首。妻子也是同村的人，只是打小和兄长对调婚姻，她被送去了别人家养大，而要对调嫁来的女子从小在我们李家养。行年渐长，家里的哥哥因为对调来的女子长相不好，不依不饶地要悔婚，让两个女子各归其位。国义老师的妻子回来不久，就认识了国义老师，他学识渊博又有一副赤热心肠，很讨人喜欢。只是家徒四壁，兄弟又多，许多女子都有顾虑，没有人踏出那一步。国义老师的妻子看中了他人好，大了他五岁，就直着性子去问他，愿意娶她么。婚姻上的大事，女子开了口，道义和情感让国义老师没有办法拒绝且涌生了一股大丈夫的责任感。两个人就这样结了婚，国义老师除了课堂上授课，平时生活里讲的话少，多喜欢听人说，一副谦卑敬人的读书人面貌。妻子话多且声音大，凡事火急火燎，爱催促国义老师，像大人对孩子一样叮嘱。外人看来极其不匹配的两个人，在如烟消散的光阴里获得了颠覆世俗的成功。大他五岁，他视为长姐敬重；中年多病，他如医者仁心；晚年驼背，他不离不弃。他一个人成了一个标兵。家里的老四，参军入伍，在部队考上军官，被部队的女子相中了；可是入伍前家里说了一门亲事，他在部队参军，女子就一直等他归来，老四摇摆不定，经受着陈世美境地的诱惑；致电家里，父亲知道了，话没有多说，就撂下了一句：你看看国义兄。老四就因为这句话，脑海里浮现国义兄铿锵有力把承诺作为道义坚守的模样。军人更加

乡村是童年的时光隧道

应该铮铮铁骨，于是表明了自己已有婚约，最后靠自己的英勇作为从一个小兵晋升为军官。世俗的烟雾瘴很多，也在爱神的信仰里和最初的婚约镀了金身。国义老师的两子两女也都很有出息，尤其是两个儿子，生意做得大，又十分成功。一段时间里，国义老师两个儿子的家庭同样面临浪潮的冲击，两个儿媳妇在外人看似光鲜艳丽中惶惶不可终日，好似秋忙，等待的是枯死的冬天。国义老师每周依例牵着妻子去两个儿子家里吃饭，十几年如一日，记得妻子的喜好：不吃辣的，不能吃冰的，每天什么时间吃哪些药。种种细小如丝的行为好似层层的经文，向着儿子诵读着真经，耳濡目染的石头都会通灵，两个儿子明白了该取什么经。

　　那是一个暮色被田野的虫声淹没、虫声被灌溉的渠水淹没、水响伴着孩子们的鼾声的夜晚，尤其难忘的是国义老师家里被小偷光顾了——小偷偷走了国义老师的一件大衣。虽不是什么贵重之物，可被偷却不免令孩子们感到几分气愤。于是第二天，孩子们逢人便神乎其神地传道：村里出小偷了，偷了国义老师的大衣呢，说不定里面还有钱。小伙伴们终于找到有意义的游戏了，现实版的警察抓小偷就要上演了。大家一面佯装观察村里人穿的衣服，一面以走家为由探访各家各户。经过一个星期的排查，只剩下一户人家了。因为他家没有和我们年纪相仿的小伙伴，无从探访。事实上，这一户只住了一个人：他是一个体面的老爷爷，年轻时参过军，打过仗，是个见过世面的人。没有电视的那会儿我们总是蹲在他家门口，听他说外面的故事，他一生烽烟战尘，后半生都为美丽的妻子孤着寡，子女留学在外，家里常年也没有什么人往来。每一个冬天他都裹着厚实荣耀的军大衣，熠熠生辉。正因如此，他理所当然地成了我们案子里被排除有作案动机的人了。月如盘，如船，如镰，瘦得悠哉游哉，大家抓小偷的兴致从桃花红到梨花白中渐逝，成了儿时解不开的谜。

经久岁月，清癯寡欢的兵爷爷过世了，他生病的日子都是乡亲们轮流照应着。众人给他打理后事时，大家惊奇地发现国义老师丢失的大衣，还有二细公的雨鞋，明亮叔叔家的棉被。原来小偷是他，孩子们迫切地将其公之于众。那天，国义老师把孩子们拉到一旁，严厉地说："不是这样的，村里并没有小偷，这两个字多难听啊。""是小偷，他偷了好多东西呢。""不是，不是小偷，他是一个人，只是他比我们更需要这些东西而已。"我永远不会忘记我当时所受的震惊，我们面前这位质朴的师者，有着光辉纯净的心灵，一面默默为他人提供物质需求，一面呵护他人心灵尊严。是啊，老兵爷爷更需要。原来战后他一身毛病，一生未娶，更加没有留学的子女，一切都是他编织的梦，梦里他拥有一个圆满的人生。

"一条大河波浪宽，风吹稻花香两岸，我家就在……"前两年孙女要去韩国旅游，国义老师特地打电话去，给孙女唱了这首歌，并且认真地发了短信：无论什么年代，都要先国家再个人，在国家的立场里，请李静同学慎重考虑韩国之行。追随着一条流淌几千年的河流，观看一代又一代人的照影，孙女受了教，也常常戏称爷爷为"国义老师"。孙子高中毕业后决定去澳大利亚留学，儿子以为国义老师会反对，国义老师没有意见，只是希望孙子学成可以归来，生如蝼蚁当有鸿鹄之志。

　　当不成庇护人阴凉的大树，至少可以化作一阵春风，输送一口凉意；可若遇到了一支标杆，哪怕只是远远地望一眼，一眼也有一眼的万年。

火英嫂
——鲜花与牛粪

从老屋出来，火英嫂湿润着眼眶泪光闪烁，头部受伤后，言语功能如一扇失修的门，往事如一阵风涌来，呀呀作响，她嘴里嘟囔着灶啊锅啊，像个孩子一样表现出不成熟的状态。一同陪着她的人思绪弹力十足被她拉到过去、现在、未来，而她坐在轮椅上好像世界都在原地转圈。

暮年，人生可以倒着走。她回到那一副宽肩腰粗天生地养的模样，粗声粗气的大嗓门把人生的道理喊得明明白白。那时，他也在。他是断文识字两袖清风的秀才，轻言细语下总是眉头深锁厘不清家国政事。

"庆才，恰饭哦，日日想这些没影的事，不恰饭要饿死。"火英嫂，不仅要管着家里的几亩田地、五子一女，还要时刻把这个秀才丈夫从无限想象的世界拉回到现实的日子里，管着他吃饭穿衣。文明的

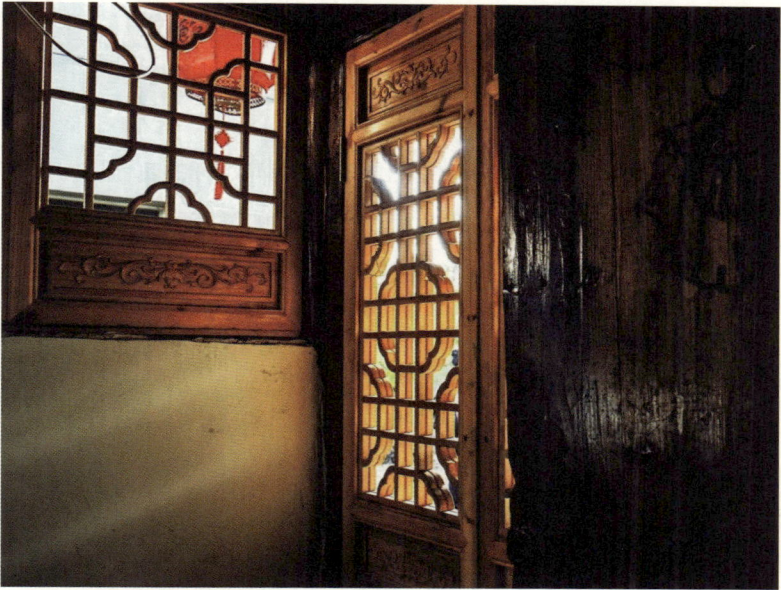

火英嫂故居一角

进程都会留下斑驳的旧时痕迹，人们总是一肩挑着过去，一肩挑着现在，共同奔赴未来。

"我儿子是鲜花，你是牛粪，一朵鲜花插在你这牛粪上哦。"这是儿子去读了大学，被分配在县城报社工作后，火英嫂的婆婆常常掉在嘴边的一句话。火英嫂的丈夫庆才，长相清秀又满腹经纶是村里难能可贵的才子。只是种子落错了季节和地方，就开不了花、结不了果。"大跃进"和"文化大革命"时期，一肚子墨水派不上用场。庆才是独子，家中人丁单薄，加之自己文弱，又不擅农事。火英嫂肯嫁过来也是女子一腔刀山可赴、山河可闯的真性情。贫瘠的土地没有施肥就长不出庄稼，那娇娇欲滴的鲜花只有碰到了牛粪的温床才能生存下去。火英嫂嫁过来后，家里像添了个男丁一样，自家的庄稼长得更加茂密。庆才能在闲暇时，望着漠漠的水田和海潮一样的稻浪，畅想新中国的未来和田舍风土揽个满怀。没有满足温饱的农人只有脚下的泥土，无暇顾及头顶的星空，未来在琐琐碎碎的凡尘和永远不能停止的耕耘里被阻断了。火英嫂也不想未来，只想着把自家的农田打理好，家里的老人孩子不挨饿。她的劳作解放了庆才，让他可以自行思考创作。火英嫂埋首耕耘着，收拾平整好土地，太阳落山时，她在田地那头喊着："庆才啊，天黑了，回去哦。"这时才把庆才从游走在土地上的思绪召唤了回来。光脚在地里的女人少了教条的礼数，常常单刀直入打进对方的底弦，她不懂他在想什么，但是她知道她能用粗壮有力的四肢为他撑起一片辽阔的天地。

'你儿子是鲜花，我是牛粪，没有我这牛粪，那花早就枯萎了。"

火英嫂一边在灶前挥动着大铲给嗷嗷待哺的一家老小做饭，一边掺和呛人的烟火气回应婆婆。她知道，他没有能和她同耕共织的一双手，他的那双手握着笔头写千字，他也没有与她同思柴米油盐眼前的生活的一股思流，他的脑海里涌动着星辰大海。婚后不久，庆才撂下了手中的锄头，继续去完成学业，家里的母亲与小儿、田舍与菜地都留给了火英嫂。火英嫂不阻拦他，仿佛一切早已定断，这一条田埂巷陌围屋小宅是自己的路，那一条山岚烟泽细雨咽喉是庆才的路。虽是殊途，但命终同归。火英嫂相貌本就长得粗笨，常年与风霜泥土打交道，越发的灰头土脸，而庆才在学堂修养得更加仪表堂堂，意气风发。学成后，知名的报社看中庆才的才华，给他转了城里户口，留在县城里工作。能够留在城里还有个体面的工作实在是一日看尽长安花的耀事。那一年春日，桃花一夜攻陷了村庄，路上铺满绯红色的地毯。人们再见庆才时才意识到那个原本面黄肌瘦、手无缚鸡之力的酸秀才，已经濯了春光的面目，英气与才气逼人流溢而出。那个耕耘出肥沃土地、养出健壮孩儿的粗俗女子被贴上了"不匹配"三个字，在人们的言语里鞭笞着吊打着。外人的煽风点着了婆婆的柴，婆婆也越发觉得这个不识礼数、相貌丑陋的媳妇配不上自己才貌双全的儿子，于是常常让柴烧起火，煽动流言的唾沫星子在街头巷陌发出声。可火英嫂很乐观豁达，贫瘠的土地能耕耘出果腹的食物，她做好了她能做的一切，配与不配，命里注定好了，任谁说三道四也是枉然。两个人常年分居，持续了七八年，庆才在城里站稳脚跟后，为了几个孩子读书，火英嫂就带着孩子们都进城了。她不识字又没有别的技能，庆才想着就让她在家里带带孩子、做做家务，可是火英嫂闲不住，把单位分的房子周围的空地开垦出来种上了菜，人工肥的味道让周围的邻里私下都在议论，那家倚马可待的才子原来娶的是一个从头到脚散发着粪便味的农家妇女。那些曾一度暗暗嫉妒并视庆才为孤岛的同事，寻着家常的气味，竟然不知不觉消弭了心中的戒备，和这家的往来更加频繁。事实上，是火英嫂那副天生地养的劳动者骨骼，家庭交往的圈子才愈做愈宽。一盘青菜、一把葱、一颗蒜头、一个南瓜……家家邻里的饭桌上都呈现着火英嫂老老实实忠厚的相待。原本只有庆才一人的四合小屋，随着孩子和火英嫂的到来，孩子的嬉笑打闹声、一日三餐的锅铲声、菜园招揽的虫蚁声、火英嫂粗壮的嗓门和邻里的交谈声，让那个屋子有了人间的喧闹以及切切实实的生活气息。火英嫂的热情淳朴庶民习性为庆才这个孤芳独赏的才子扯上了一根线，要从书山文海里鞭策几个孩子真真实实地成长，要在古人圣贤之交中提取身边的志同道合。火英嫂的"你来"造就了邻里的"我往"，一来一往之间庆才的才华从高阁之中走入大众，同事会来交流工作，后辈前来寻求指点，才气如一钵金流溢着旧王族的光辉，名气变大，事业随之步步升迁。

　　"大磨，大磨，小磨，小磨"，念你们的名字，在乡间隐隐的小路上，那一方小木屋是你们出生降临的地方。火英嫂前面生的三个孩子有一大半童年时光在乡土中度过，名字是庆才取得，但他们的禀赋是跟随火英嫂在土地上拔根破土而长，不用多教，故乡在他们的记忆长河中源源不断地流淌。可是后面两个小儿子，还未开蒙就被带到了城里生活，童稚之眼未能灌取乡土的风土人情就要落下城市日新月异的拓版。庆才给两个孩子取名，国清与国民，期盼孩

火英嫂的老屋

子能把奉献伟大祖国作为使命。火英嫂没有想那么远，只是怕名字太高雅孩子不好养活，而且国清和国民用普通话才念得好听，她不会讲普通话，身边的亲戚也讲不来，于是给两个孩子取了小名，大的叫大磨，小的叫小磨。"磨"是农人将粮食谷物收割回仓后所做的最后一道程序，稻谷要磨了壳才能成为粒粒白米，芝麻花生要磨碎才能出油，豆子磨成豆腐……磨是半成品演变成成品的把门功夫，庄稼不磨不成食，人不磨也不成器。况且大磨、小磨用乡音念起来那般自然悦耳，让人一听就觉得这两个孩子天生田地养和农人亲近。庆才在城里做官了，乡亲们想来找找帮扶，可心里都在嘀咕，昔日秀才在村里就卓尔不群，眼界高远，话也深邃，现在当了官怕是更加难说上话了。火英嫂骨子里和城市对抗着，常常回家，给乡亲们带些城里的商品，给老人和小孩子分些小零食，让大家都开开眼。尽管见识了繁华，她依旧孑然一身的坦荡，一丝不改的乡音，一口回荡小巷的话语，总能把大家都吸引过来。村里谁家有困难了，孩子要上学，老人生病求医，火英嫂都会记在心里，然后回去和庆才嘀咕嘀咕，庆才知道了也很乐意做解人之难的事。火英嫂成了他聪慧的耳目，让他从一方书案史书典籍读到的百姓苦难可以跃然纸上，现实活生生的困难亟待解决。大磨和小磨长大后，一个做了老师，一个从了医。无形的匾悬在他家的门楣上，"万世师表"与"悬壶济世"都是人间的圣者，火英嫂念的这两个名字都被无数人以祈祷的口吻，默默地感念着。

　　庆才退休后不久突发脑溢血，瘫痪在床，才思敏捷的秀才凝滞了下来，往后的日子，行动都靠火英嫂用轮椅推着向前。鲜花盛极灿烂绚彩夺目时曾想去与同样的芬芳合瓶，只是牛粪苦苦黏黏，春光韶华，鲜花萎靡，芬芳散去了，牛粪还是牛粪没有断了枯花的供养。火英嫂照料瘫痪的庆才八年，鲜花谢幕委地成泥。供给了半生养料的牛粪失去了肥力，庆才走了不久，火英嫂也倒下了，不能自理，靠子女轮流照料。

　　大磨为了纪念父亲，以旧翻旧修缮了老屋，复古到父母成亲的时期。他推着火英嫂来故居看一眼，门口靠墙是庆才骑过的二八式单车，透过自行车的斑驳光影，有些人永久地停了下来，而时光还要推着另一些人往前走继续赶路，去奔赴一条有去无回的人生。

　　她自诩是牛粪，肥沃了贫瘠的瘦土。

荣华里

——六月的马苋菜

　　马苋菜是石缝之中长着的野蕨，流传在田野江埂。它全株无毛，茎平卧，伏地铺散，根茎呈深红色，枝是淡绿色，全年都可以生长，但日头越大它便越活泼旺盛，猛生猛蹿。荣华里说自己是六月的马苋菜，死不了就要年年长。

　　村厝里处处可见的马苋菜长在她的生命里，她没有受过什么教育，但凭着对生命的感悟和农人敢向苍天争饭吃的劲头活出了自己的学问。"荣华里"三个字变成了祖父一辈教育女子敢为人先，做一个现实生活中如花木兰般的角色。

　　荣华里有两个姐姐一个哥哥，她是家里的老小，却是个辣人的朝天椒。十六岁开始就在生产队里当了妇女主任，按她的话说"我年纪小当干部，人家不听指挥，我就样样自己带头做，做得比人多、比人好，自然那些年纪大的姐姐、婶子都会跟着我。"听奶奶们说，荣华里当时带着女子生产队确实把配合男子扫尾的农活做得妥妥当当，后勤工作也是保障齐全，工作上的事那是没话说。等荣华里稍大些，村里的婆姨们家里一些破碎事也找她评评理，劝劝架。到了可以成家的年纪，临镇一个门户不错的人家来提亲，备了丰厚的彩礼，荣华里嫁过去大半年的样子，觉得对方太过强势，日子过不下去，荣华里敢于争斗，不甘心一辈子窝气凑合过，于是就逃回了家，想要断了这门亲事。母亲只希望孩子过得好，荣华里不想回去了，母亲也没有强求，倒是家里的嫂子是个难说话的人，当时的礼金全都被哥哥嫂子收了，要是悔婚，至少礼金是要退给人家的。哥哥一向耳根子软，听媳妇的话，荣华里就去做嫂子的思想工作，"嫂子啊，咱爹走得早，两个姐姐又嫁得远，家里就我哥一个人丁单薄，将来怕是要吃亏啊！如果我回来，找个村里人成家，咱们就有照应了，以后侄子侄女我也能帮你们带一带。"嫂子因为她的一番话，把她留了下来，退回了彩礼还赔给了对方一头猪算是补偿。后来的婚事是荣华里自己找的，村子里三兄弟的一家，虽然兄弟多却是有名的老实人，三兄弟是两个娘生的，老大老二的娘过世了，才有了老三的娘。荣华里一大家子本来不看好，觉得对方家族太弱了。可是荣华里经历过强势的第一任后明白了一个道理，自己不是甘心言听计从的小媳妇，要找得找自己能有话语权的人家。就这样，她看中了那户的老三——衍匋。

后娘生的孩子有奶喝，可后娘生的儿子也多是被宠大的。家里的活一向有两个哥哥承担，母亲又在生活中明里暗里护着，衍匋的成长没有得到多大的锻炼，软弱无力又吃不了苦。荣华里嫁过去后成了家里的主事人，干活会上前，依旧当着妇女主任，处理外面的事也是一把好手，只是结婚三年也没有怀上孩子，婆婆很着急，会给脸色看。有一回荣华里从地里做农活回来，又热又饿，回到家看见婆婆、小姑子还有衍匈三个人一人端着一碗面吃了起来，丝毫没有等她的意思。她走进厨房看见锅里的汤汤水水，眼泪在眼眶里打转伹还是忍了回去，跑到外面把衍匈的碗抢了过来，直接就吃上了。婆婆和小姑子的碗她不能抢，但衍匈是丈夫，凭什么自己辛辛苦苦做事还要饿肚子。婆婆看到了气得跺脚，把平日里想说的话都脱口而出，"你又生不出孩子，吃了也没用。"外人也嚼着舌根，娘家的母亲提醒着一直没有孩子可不是办法，让荣华里做好别的打算。荣华里说："那时候好多次都想跑到季家塘去蹲水死了一了百了，可看了看脚底踩的马苋菜又想了想人出一次世不容易，不能被别人压倒了。"然后就开始调养身体，一年后怀上了孩子，生了个儿子取名叫红亮，好似自己的日子从此红亮了起来。之后还生了两个女儿和一个小儿子，她在婆家的地位稳妥了。空闲之余就会去娘家搭把手，嫂子是村里出了名难相处的人，两个姐姐嫁出去后，连口娘家的水都没有喝到，可荣华里忍辱负重想着和嫂子把关系处理好了，自己不仅有娘家依靠还能让嫂子对母亲更加宽厚些，于是常常去帮嫂子做些力所能及的活，也会逢年过节送些东西去。

　　夫妻是彼此的衣裳，合不合身一眼看得穿。衍匈的性子和身体做不了农活，荣华里就自己一个人担着家里的土地，托娘家的关系给衍匈找了一份在城里宾馆看门的活。孩子大些的时候，荣华里也四处求人让孩子去城里读书，自己再辛苦也没有指望孩子辍学回到土地上。

老二和老三觉得自己是女孩子不想读书想去打工赚钱，荣华里拖着她们走到季家塘边上说："女孩子更要好好读书，不然没有出路就和娘一样要蹚水。"后来，两个女儿通过读书在城里工作，在城里找到了婆家，过上了体面的生活。大儿子红亮叛逆过好长一段时间，好好的一个家想散了，把老婆和孩子都抛了。衍匋很淡然，觉得这个年代离婚的人多得去了，儿子要这样也没有办法。可荣华里不妥协，一口咬死，要是儿子离了婚一辈子不许进家门，自己只认儿媳和孙子孙女。在她的坚持下挽救了儿子的婚姻，后来媳妇患了癌症也是她掏出自己的积蓄送儿媳去北京治疗，儿媳病好了待荣华里像亲娘一样。小儿子娶了城里的独生女，逢年过节为去谁家过烦恼，荣华里表了态"要是小儿媳父母不介意就都来咱家过，我会好吃好喝招待，人多过得热闹；若是不愿意，你们两个就去岳父岳母家过，咱家孩子多，我和你爹不孤独。"因此，每逢节假日小儿媳一家就齐齐堂堂地来荣华里这里过，村里都羡慕这样结亲又结义的关系。每一个看似美满之家都需要有人用心耕耘，不然只会荒草丛生。

在黄昏微弱的光线里，岁月堆积起来的乐观与豁达，不会被年老和疾病毁坏。新冠疫情让大家都留在了村里，外面疫情复杂，年轻人通过手机和新闻关注着事态，可老人们不知有晋，还是偶尔要串门走家，荣华里又重操旧业组织大家打扫村里的卫生、统一种菜、给大家分发口罩。大家一起干活的时候，荣华里给大家讲这些年她在城里生活的趣事，讲小女儿带自己去港澳地区旅游、去泰国旅游的经历。她总是语出惊人，在那段人们极度迷茫且无序的日子里，荣华里把老人们的生活安排得既丰富又有趣。她也是生活里入戏深又有表演天赋的主角，家家户户不管谁家的红白喜事都要去参与一段。人家生孩子做房子她张口就来的喜庆话和段子，遇上了人家白事她总是要去赶一赶，时常一顿号啕大哭，要是没有人制止她能哭到浑身无力还抽搐。子女劝说她："娘啊，娘啊，这样哭是很伤身体的。你这么大年纪了，亲一些的人你哭还有理由，这毫无血亲关系的人，你怎么也这样卖命的哭啊！"荣华里动情地说道："我看着他躺在那里，想到这以后就是我的结局啊。"人生欲泪的时刻，为他人截泪也为自己潸然，哭法奇特，笑对一切才发觉心底里一股压抑生欲哭的动情。不知马苋菜匍匐于地会不会探头出来，为这世间极其绚烂又极易凋萎的姹紫嫣红承托住泪。

疫情解封后，荣华里坚持要留在村里继续做一株扎根石缝的马苋菜，不愿和孩子们回城里的"温室"。若是问一问当代的女性，用一种植物形容自己，多半是或美丽或淡雅或芳香的玫瑰、茉莉、百合之类；也有洒脱不羁的三毛要成为树的样子，一半阴影，一半阳光；但是愿意做把根须长在石缝，深扎贫瘠，任由行人踩踏却潜藏大地腹部一年四季蓄势待发的马苋菜却很罕见了。越来越多的人努力地向上攀登要接近更多阳光，却忘记俯身贴地向下根植的生命力。

炎热的夏季凉拌马苋菜成为人们餐桌的一道家常菜，用凉水过一遍，去其苦涩，再把烧好了的热油和小米椒浇在上面，按照口味还能淋上些醋汁，最后吃下马苋菜除了风味还因为它是一味药材，清热解毒有利尿功效。

季节流转着，生命流转着，那个自称"六月马苋菜"的荣华里是全家人的宝。

集体劳作

老人窗台眺望子女归家

中秋节子女归家

包里嫲嫲

——清明欲清明

　　春未老，风细柳斜斜。试上超然台上望，半壕春水一城花。烟雨暗千家。

　　寒食后，酒醒却咨嗟。休对故人思故国，且将新火试新茶，诗酒趁年华。

——题记

　　红石路，马头墙，碧绿水，满村树，一幅山水田园风光画。环视山头光秃秃新栽的小树落于坟冢两侧，却丝毫没有春意，只一片荒凉，凄清，让人陷于生与逝的混沌。

　　春未老，风细柳斜斜。抬起头，花儿正好落在人的手心，那

田野里远望村落

样的轻柔，鲜红的瓣儿，让人不由悲怜是树呕心沥血拼出凝成的一点颜色，而树的枯萎就是这般的令人心力交瘁。不禁痴痴地望着手中的它，烟雨为它点缀了珍珠首饰，闪着璀璨的光与色，地下散着千千万万片花瓣，为大地铺上一层厚重繁华的地毯，却给来扫墓的人留下了朦胧的心事。

　　走近突兀的坟冢，无人问津的行径，却有不知名的树亭亭如盖，为坟墓人的深宅诗意地撑伞，看了一眼，是包里嬷嬷两夫妻的名字，想来也不是她家后人刻意种下的树，亦如她生前的豁达明朗，常常挂在嘴边的话，在祭奠先人引发一点魂牵梦绕的回忆之余，亦当时万物皆洁齐而清明。

　　时光如此的奇妙，像年复一年清明时节纷纷烟雨，照拂着千层山万重水的人，树，花，禽，留下千年不移的追问。对农民而言，土地便是他们的一切。他们从古老的时代，受上天诸神的指派从垦拓的祖先手里接过他们一生的追求，便一锄锄地向土地问他们所不懂的问题，土地以丰收回答他们。他们得到了答案，感到了满足了，又把手上的锄具交给下一代。人生代代无穷已，江月年年望相似。

　　年年的夏日，包里嬷嬷也总是坐在阴凉的树下，一手摇着蒲扇，一手端着一碗凉茶，一头银白的发，说起话来慢条斯理，好似一位人生的智者，气定神闲地打量着来来往往为夏种双抢忙碌的乡亲们。九十多岁的包里嬷嬷和老伴身体都很健朗，能够相互照应，和儿女们很少来往。生性的乐观通透是年轻时就有的品质，而不是岁月馈赠的礼物。尽管有六七个孩子，其中三四个是儿子，她也没有想着养儿防老的事，所以有了超越那个年代农民重男轻女的观念，她倒

依依墟里烟

觉得生儿生女都一样，养大了他们都要去成各自的家，剩下可以依靠的还是老伴，老来也一一验证了她的话，儿女们成了家还都有了各自的儿女，水总是往下流着，家里小的就很费心了，往往很难兼顾上他们，她和老伴相互扶持了一辈子，一个赶着冬，一个踏着春先后逝世了。

"和包里嬷嬷一样的好想头哦"，宽人自慰一味地说理总不如举例来的生动形象。村里人谁遇到伤心难过的坎，就要拿出"包里嬷嬷"来定一定心。一辈子住在风雨飘摇的瓦房里，却有着高楼大厦没有的祥和安宁。老伴玩心重，老来也还和年轻人一样，年年大年三十要去和年轻人通宵娱乐，从不服输的要拍案坐庄，孩子们担心老人身体吃不消，让包里嬷嬷去劝劝，包里嬷嬷却摆摆手摇摇头说，"他的身体他自己知道，熬不住了、口袋里的钱输光了、玩尽兴了就会回来，没有一个理由是我喊回来的。"包里嬷嬷想得开，睡自己的觉，第二天一早老伴会做好早饭，喊她起来吃。夫妻间就这样日复一日、年复一年相敬如宾。三儿子娶了个外地媳妇，逢年过节要回娘家，孩子愿意跟着母亲，这让三儿子左右为难，想跟着媳妇去，又怕村里人诟病，过年过节不在家，是给人家当儿子去了。包里嬷嬷就劝儿子，一家人过自己的日子，不听人家闲话，跟着媳妇孩子去，在不在我身边都是我的儿子。尽管儿子多，包里嬷嬷也没有婆媳笑话让人嚼舌根。她管儿子管到各自成家就放手，从不掺和他们过日子的事，虽有隔代亲，她也不主动揽活，孩子谁带就和谁亲，白天孙子孙女在她这儿玩闹，晚上她一定要把孩子们送回各自家里去。一代人管一代人，她从不越界。

　　不仅有个好想头，还都让她想成真了。她七十多岁时，小儿子和媳妇闹离婚，小孙子尚在襁褓中，儿媳妇离了婚，撒气去省城打工，小儿子自尊心强觉得离婚是件丢人的事情，想走得远远地重新开始生活，所以一个人跑去了厦门，把孩子丢给了包里嬷嬷两口子。几个儿子女儿担心老两口年纪大，带着小娃娃太折腾了。包里嬷嬷说："这也是没有办法，我们量力而为吧，能管几年算几年，我们动弹不得了，孩子就大了。"小孙子跟着老两口喝了百家的奶水，穿了百家的衲衣，本是爹娘不在身边的孩子，却意外收获了邻邻户户的厚爱。包里嬷嬷八十多岁的时候，小儿子在厦门生活紧巴巴只够养活自己，没有办法把孩子接到身边念书生活。大家都为孩子的未来担忧，包里嬷嬷却不烦恼，她想着十几岁的孩子了，好手好脚也能活下去了。果然，读不起书，孩子去当了兵，在部队还考上了军校，端上了一辈子的铁饭碗。老伴九十多岁时和年轻人打牌，手里摸到了一个王炸，喜上眉梢，情绪一激动，一口气没有提上来，就歇气了。村里人把他老伴送回家时，几个孩子都觉得太突然了，实在难以接受伤心不已。包里嬷嬷就很平静地说："九十多岁是高寿了，摸着一手好牌走的时候也是快乐的，没有哪种走法比这样好了。"把一场丧事办得和喜事一样热烈。孩子们要接包里嬷嬷到自家去服侍，她不肯，说自己年纪大了，随时是要走的，得留在自己的家里。老伴走后过了三七，乍暖还寒，萌芽破土，刚刚开春，包里嬷嬷睡了一觉就没有醒过来了。寿终正寝，老有所终，没有受病痛的折磨，也没有给子女增添负担，这生和逝都随了包里嬷嬷那不念过往、不畏将来的性格。

　　断魂于坟冢之路，遇上给杜牧指路的牧童。他们三三两两，昂首阔步地走来，以欢愉的神色指点江山的气势说着山头各家墓地的分配，若无其事地说着自己将来的深宅，丝毫不觉生死茫茫，死亡是一番彻底的告别，跟人跟事，跟一生最深的记忆，告别这世上恋栈的目光，相依过的肩膀，爱抚过的一切。怎样才能做到如此豁达？仿若是一场游戏，一场永远不会被时间与空间隔断喊停的捉迷藏。

　　老一辈的人，不知道是时代的发展和教育开拓了现在人的眼界和疆域，人们的视野变宽变长拥有更辽阔更深远的世界，他们只知现在的人从小就有包里嫲嫲一样的"好想头"。

　　念着武昌的故事犹在，西风里有雨花台悲壮往事吹来。橘子洲头袅袅凌波升腾。

　　容我驰无穷的想象，包里嫲嫲的青冢内，也有一桌新火新茶。

罗英嫂

——门开着，不上锁

　　根得有个外号，乡亲们都喊他"地主"，倒不是真的地主，是长得肥头大耳又自年轻起就在村里当了干部，每回开会，他往台上一站，和台下面黄肌瘦的农人一对比，就如同是地主对着佃农发号施令一般。罗英嫂是根得的老婆，却没有人喊她"地主婆"。

　　向来是站在人前的人才惹人口舌，躲在人后默默做事的人，不受人关注也免了是非。根得在村上管些事，接触的人面广，也有一份收入，常常三五成群的聚餐，今儿个你家，明儿个就是我家，家里免不了进进出出的人。罗英嫂是踏实的种地人，每日早出晚归，像半个男人一样一年到头在庄稼地里忙碌，家里的孩子有婆婆照应，家务活多半是根得增添出来的应酬，也都由根得料理。不用带娃，也不用赶回家做饭，罗英嫂每回都在地里忙到摸黑，反正回家也要等着一群人吃完饭散席后，她收拾碗筷，就不如多在田地里下下功夫，

老房子会"说话"

出力气的活她舍得，和人应酬却是难为她了。云雀叫了一整天，热闹是别人的，哪怕是家里常年门庭若市，门开着，不上锁，也与她无关。

虽说血缘亲情恒常，可少了亲密的相处自然会生了隔阂。三个儿子两个女儿生活上的事基本都是婆婆打理着，念书和说教的成长也是根得看管着，罗英嫂知道孩子与她不亲近可也不得法子，她没有时间陪伴他们又没有话语能传教，只能把庄稼地管得更平整些，把菜园子的菜种更肥沃。感觉阴凉多半会感谢有头顶的大树遮着，少有人会望一望更高远的云层用尽全力的铺开，遮蔽住一些烈日。两个女儿出嫁后，回娘家也是和奶奶亲近，贴己的话很少和罗英嫂说。三个儿子在外谋生有着父亲广结好友的秉性，逢年过节回家自然和父亲更有话聊。根得年纪大了，从村干部的职务上退了下来，往来的朋友少了，可做的了一手好菜，性情又喜乐，儿子们愿意带朋友回家，根得可以发挥余热，罗英嫂上了年纪，一个人独立种不成地了，就在村集体的菜地里打工，每天计日算费，收入不仅能自给自足还能给根得一些闲钱应酬老朋友，不用向子女伸手要供养。婆婆走后，三个女儿便很少回娘家了，好在家里还有三个儿子归家频繁，以至于平日里少了女儿们拖家带口的往来也不冷清，门常开着。

土地分到个户，自家管自家的光景，来找"地主"合计事的人少了。老大儿子在一次意外的车祸中双腿残疾了，拖了一段时间大儿媳还是选择离了婚，孙子孙女随了大儿媳妇，老大往后的日子只能依靠政府的低保。罗英嫂每隔一段时日就要出门，去帮大儿子洗洗涮涮，拾掇家务。二儿子和二儿媳记恨罗英嫂前些年忙着做土地上的农活，没有给他们看管孩子，以至于后来碰到了计划生育，生了一个女儿后就不能再生了。二儿子一家人除了逢年过节其余时间都不来叩门。三儿子在省城赚了些钱，又生了两个大胖小子，想着男丁长大要自己成家，就在村里张罗了另一块宅基地，新立了一个门头。眼看着高楼起，却抵不住命运袭。大孙子和人打架闹事被判了刑，三儿子怪媳妇没有教养好孩子，又沉迷于赌博，家里一下子败落了，夫妻二人成天打打闹闹，日子不得太平，后来也是以离婚散场。好不容易遇上一个居家过日子的女人，三儿子下班后，想多赚些钱，跑出租的时候撞上大货车，变成了植物人。

　　作为一个大家庭的家长，好像你什么都没有做，生活就在子女的零碎中变得支离破碎了。"地主"听说了三儿子的事，血压一下子飙了上来，脑溢血进了医院抢救，罗英嫂跟着到医院里服侍，家里的门开着，养的家禽，靠邻居进进出出帮忙投食喂水。"地主"成了半瘫，医生说年纪大了，血液循环得慢，怕是很难熬过冬天，罗英嫂不怕寒冬凛冽，一辈子敞开着门，接受着风风雨雨的侵袭。她悉心照料着"地主"，走过了冬天，却没有挺过料峭的倒春寒，"地主"走了，是个冬春之交的时令，院子里的桃花没有生机，杏花却好像萌了芽。来送"地主"的人很多，子子孙孙就站了一屋子，从前"地主"往来的朋友，也都一一寻门了。罗英嫂不哭闹，也不擅待客，手边一直做着力所能及的活。"地主"入土后，家里只剩下罗英嫂一个人了，生活里难得不是日复一日的日出接日落，是逢年过节的月圆迎月缺，平日里她一个人过，一日三餐都在村里好心人开办的雨花斋解决，村里满六十岁的老人都能去吃免费的斋饭，老人家都是吃一餐少一餐。过年过节三个女儿会和她商量接她到家里来，她却自知年轻时就不得和女儿们亲近的法子，老来刻意为之更是徒添心灵上的负担。

　　元宵节的晚上，村里有板凳龙的活动，这是流传下来的老习俗，"舞龙求雨"挽过板凳龙庄稼田里求风得风，求雨得雨。白天女人们张罗着一桌的吃食，老人带孩子挖野菜，包元宵，和土地五谷的亲近，男人们吃饱了饭，就要扛着自家的板凳去广场上，一节节的板凳钻孔链接，一户一节，组成板凳长龙，村里有五百多户，先是要抽签，决定龙头、龙身和龙尾的分配，抽到了头和尾的人格外的兴奋，预示着接下来的一年顺风又顺水，要是没有抽到，也可以在龙灯经过时拔一拔龙须，延续好运气。年轻人都到广场上欢欣闹腾，老人家就待在家里开着门等着打爆竹迎自家的灯回来。罗英嫂也在等待着接自家的灯。她大概读不出"今年元夜时，月与灯依旧。不见去年人，泪满春衫袖"，可她却让人低回泪下，不忍卒读。

　　门开着，接不到自家的灯，龙王爷在她的眼帘下了余生的雨。

　　正月十六，我和奶奶路过罗英嫂家，没有看见她的身影，可是门开着，不上锁。

缀满枝头的柚

初春的青苔地

荷香嫂

——记得说好话，记得好事情

　　那口老井停滞了下来不再汩汩而留，而一辈子没有远行过停留在原地的人，行将就木时却让记忆背井离乡了。人和井的关系正如亲情一样，早些年一个大些村落只有几口井，大家靠着水井的划分有了宗族分支，而零散的小村小户也因同饮一口井水慢慢合并在一块儿了，大概水乳之交就是这样来的吧。

　　荷香嫂一个人搬小板凳坐在门廊前，面对来往行人眼神呆滞，神色木讷。我和奶奶经过时，奶奶打了一声招呼，她缓缓回过神来，微笑示意，说了一句："你们回来了啊！"奶奶回应道："是啊，回来了。荷香嫂你认识我旁边的人吗？"她又笑了笑，没有正面回答，满脸慈蔼地说道："这个女孩子啊，是来你家发财的（在村里，"来你家发财的"多形容娶进村的媳妇，而说"到别人家发财的"是本村的女儿）。"荷香嫂不记得我了，可荷香嫂身上却布满了我们西李一分支井与水的记忆。村子按方位分为上李和下李，上李因为井的分布又分为了东李和西李，全西李人共饮同一口井水，荷香嫂家在居中的位置，前往挑水的人大都要路过她家，或是挑水回来累了要在她家门口歇歇脚再往家里赶。晨起与昏定都是人们挑水的集中时段，往来的人络绎不绝，肩上扁担，大多数老一辈的人还在用木桶，铁丝紧箍着木板圈起来，就能用了，工序简单但挑起水来会沥沥嗒嗒地漏一些，所以挑水的老人都健步如飞，歇不了几口气就要把家里的水缸注满，早早地晚炊然后坐到床上也不睡，望着窗口的夜一点点的浸染。中年一代的用上了铝桶，二十世纪八十年代农村陪嫁兴木箱、铝桶、大红棉被，铝桶美观封闭性好，透明的水在银色的水桶里荡漾激起载欣载奔的希望，用铝桶挑水的人可以歇上好几回，水会稳稳妥妥的在水桶里安放着，只是铝桶用久了会变形，不复当初。商品更加丰富的几年里，尼龙水桶走进了家家户户，价格便宜不易变形又轻便，半大的孩子不用参加农作了，念书归来的任务就是把家里的水缸灌满。孩子们与水有着天生的亲近，挑水是比赛但更像游戏，这样的累并快乐不太长久，日子过好些时每家每户都凿了自己的井，水断开了，人们也不用因水往来，晨昏水井旁照面不再，后来人们吃自家水久了都已忘却那一口井了。

　　黄昏转而淡淡的，落日静静地倾泻在荷香嫂身上，奶奶说："荷香嫂这些年记忆丢失了，年轻时那样能干的人，现在独立做一顿饭都不行了，不是忘记菜里加盐就是淘好的米没有通电，一个人出门总是忘记要做的事情，走远些还不记得回来的路。"荷香嫂的老伴国黄兄是个手艺人，能烧焊打铁，村里人做铁具农具都要上他家预约，年轻时一直很忙。家务和农活都靠荷香嫂一个人料理，她照顾四儿两女，每天忙里忙外，能闲下来的时间就是早晚坐在家门口一边择菜一边和往来挑水的人寒暄几句。机械化农作对原始的牛耕铁犁的需求减少，找国黄兄打铁的人自然少了，随着国黄兄年纪的增大，原本就有的帕金森症状更加明显了，手不受控制抖得厉害，做不了手上的活，连拿锅铲都成问题了。年轻时赊欠的夫唱妇随和陪伴，暮年时都还给了对方。荷香嫂做饭的时候国黄兄就在一旁烧火，时不时提醒着加水、加调料、加食材。出门也是两个人牵着手，一个人手脚不稳一个人神志不清，当阿尔茨海默遇上帕金森演绎了相濡以沫、相厮相守、相牵相挂，两个人用一双利索的手足，用一颗清醒的头脑在朝朝暮暮里一路承载驾马活在同一个时间、同一个空间，他们是有着水之约，饮同一缸水的人。

已经没有人挑水了，水源渐渐变弱，人迹罕至，竹叶残花落满井里，井虽有情但也会老去。枯井在人们鲜活的记忆里不复存在，可荷香嫂还记得，每日早晚还是要坐在家门口等着来往挑水的人，然后说上几句好话。"桂兰啊，少挑一点啦，压得长不高哦"，"香云兄啊，走慢一点哦，湿了的路会打滑"，"西岸里啊，你今年种的油菜真的好哦，你是种地的好手哦"……乡间的好话真的是思之不尽，淡淡的一句话里满怀邻里间的关怀亲昵。这个时候大家总是要在荷香嫂家门口停留一会儿，在匆忙的生活中，停下来领一句好话，在关爱极窄的贫乏日子里，让自己打起精神且熠熠生辉。

荷香嫂生养了四个儿子两个女儿，子女开枝散叶儿孙满堂。偷记忆的贼不分亲私，要偷走哪些、留下哪些全然不问旁人的建议。

可什么是值得记忆的？什么是不值得记忆的？大概记得的都是值得记的吧。

"奶奶，你记得我吗？"她的孙女小安静问道。"记得哦，你是我绣花。"荷香嫂眼神充满爱昵，嘴角露出微笑。"奶奶，我是安静哦，绣花是我姑姑哦。""这样啊，是老三的女儿安静啊，我绣花呢。""绣花姑姑在南昌上班哦，给学生上课。"荷香嫂若有所思地点点头，可转个身又把小安静叫成绣花。次数多了，当事人也不解释了，就按照老人设定的角色。绣花回来的时候，喊着："妈，我回来了。你记得我老几女儿么。""记得哦，你是绣花哦，崽啊，你上课辛苦了，妈去给你做饭。"于是，忙里忙外要张罗一桌的吃食，丝毫察觉不出阿尔茨海默的影子。

荷香嫂的大女儿前几年因病去世了，家里人从来不提起，她自己也有默契地不主动说，好似偷记忆的贼把悲痛一并抽去了。她只记得她的绣花，是她那双沾满泥土的手一辈子培养出来的好苗子，是全村第一个女大学生，第一个考上省会城市老师编制的。绝无仅有的一串银闪闪的记忆，在脑海里深深地烙下，她看家里的每一个女眷都是她的绣花。在她的四个儿子中，她也只记得老大贵雪，贵雪忠厚老实，娶了村里的媳妇贤惠持家，对荷香嫂和国黄兄也是家喻户晓的孝顺恭敬。二儿子犯了事判了刑，二媳妇带着一儿一女跑了。老三媳妇和她脾气相冲，性情不合。老四夫妻吵吵闹闹，家里鸡零狗碎的事不断。逢年过节她就惦记着贵雪一家回来，要在门口观望，家里来了男眷就笑盈盈，"你是我贵雪。"为了让老人开心，每个人都会回应她："是，我是贵雪。"过年一家人围着吃饭，大大小小，男男女女，她都看成是贵雪和绣花。并不算夸张，她记得让她省心的孩子，记得家中美好的景象，有些记忆看似雾锁云埋，但其实都是她对一家人最美好的愿景，每一个女子都能成为绣花，每个男子都有贵雪一样和顺的小家。

暮色四合之际，我追问了一句，"你知道我的名字么？"她起身搬起小凳子要入家门，转过头对我回了一句，"你要做绣花。"我点了点头，领会了她送的好话。

记忆里从荷香嫂门口通往水井的路，总是湿湿的，一年四季不曾干过。如今偶尔逢到雨季，路面还能被打湿，然而放晴时路又干了，滋润了记忆河床，干涸了现实的井。人取水不再寻井了，可人的一生，都在背井离乡。

后　记

荷香嫂的故事落笔后不久，她便因为神经引发的身体疾病，下不了床也不能进食。在医院检查，医生说可能日子不长了，原本几个子女轮流照管老人，怕老人突然走了没有见到最后一面，就都放下了各自手头的事情，绕膝床边。从那栋老屋一一走出去的人，齐齐整整地回到家中盘绕着各自的分支，下一辈的孩子在屋子里追赶打闹，炊烟四起缭绕，一切都变得鲜活而充满了生机。荷香嫂竟也奇迹般的好了起来，记忆像一根长长的线，拉扯着不让她喝孟婆汤，她还要记得她的贵雪和绣花，她看着满屋子大大小小的"贵雪"和"绣花"，也分不清他们多大了，反正她的脑海里一直记录着他们的成长。她总能自我调节到他们的年龄频道和他们对话，她对五六岁的"贵雪"说："你是大哥要照顾弟弟妹妹"，小孙子咿咿呀呀地回应她："太奶奶我不是贵雪，贵雪是我爷爷，我是明轩。"她保持着微笑不再对答了。面对中年的绣花，她又能拉着她的手好好叮嘱她，要好好教学生，做一个好老师。荷香嫂又能正常进食了，恢复了生命的气息。大家也要回归到各自的生活轨道，还是按照原先规定了四个儿子两个女儿，走了一个大姐，五个人每家轮流回来照顾一个月。生活不会总是如溪泉一样细水长流，流过山，绕过树，平平稳稳地奔赴入海。生活是一口深井在看似平稳中暗流涌动，让人猝不及防。荷香嫂最小的儿子突然脑干出血被送入医院，兄弟姐妹刚从母亲奇迹般重生中缓一口气，又为家中的小老弟提了一把心，总以为年轻的生命还有无数的日子可以挥霍，年轻的体魄能挨过一切病魔。省医院抢救了两天两夜仍无法把他从死神之门召唤回来，一家人无法接受这样的事实，从哭天喊地中一点点沉寂下来，恍然若梦横亘着这一世隐隐若失的痛。遗体从医院送回乡，国黄兄去看了一眼，原本颤抖的手脚抖得更厉害了，整个人都不能平静下来。转过身时他的两只红肿的眼睛喷出涌泉似的泪，打了一世铁的人到头来却受生活一锤一锤的拷打。小儿子从自家出殡送到村公墓时要路过荷香嫂住的老屋，荷香嫂坐卧在床上听到外面鞭炮的声音，问国黄兄谁家老了人吗。国黄兄不能送儿子，只能走出门望了一眼，又回到屋子里对荷香嫂说："我们的黎进，你记得么？"荷香嫂又是笑笑问，"我们的贵雪和绣花今天怎么还没回家。"国黄兄泪眼婆娑低沉地说，"走完这一段他们就回来了。"荷香嫂喃喃自语了一句好话："黎进要一路走好啊！"

金　娣

——女子本柔，无男则刚

　　中国人取名总是赋予各种深意于其中，子孙后代的名字也往往透露一个家庭的格局，士绅之氏取名多彰显家国情怀，文人之家取名多隽秀典雅，而小农之家一清二白之间直白了当。为了孩子好养活叫狗蛋、牛崽；对孩子有期望叫富贵、多斤；而女子之名为了家族能添男丁不乏招娣、来娣、金娣。

　　记得儿时听村里的盲人爷爷解读两个大伯的名字——一个叫"村保"，另一个叫"保村"。他感慨道："'保村'的命势好啊，一个人可以保到一村人；'村保'的命苦啊，一村里要去保他活命，是要饭的命。"果然保村成家后当了大包工头，带着村里的壮丁都在城里的工地就业，而村保在城里做扒手进监狱待了十几年，放出来后整日里醉醺醺，游手好闲靠村里人施舍度日。如此看来，名字真能影响人的一生。事实上，并非名字符号在左右人的一生，而是

备菜中的金娣

孩子出生后家庭赋予孩子的成长期望在塑造着一个人的成长，从而决定着他一生的价值追求。保村的父亲是个刚硬正直的劳动力，保村是家中的长子，从小就有长子的担当，成人后抓住了机会能够在自己的衣食碌碌中为他人取得谋生；而村保出生后不久父亲就过世了，母亲觉得养不活孩子，希望他人来援助，后来改嫁了更加疏于对孩子的管教，任由他人来保。名字就像人身上带有的胎记，有些人终其一生也无法翻转这记号以及隐含的深义。

金娣有个强势的父亲，封建大男子主义浓厚，其母亲唯唯诺诺对丈夫和公婆唯命是从。母亲第一胎生了女儿，一家人期待的长孙落了空，于是给第一个孩子取名金娣，期待金娣下面能招到一个弟弟。可是没有如愿，母亲第二胎仍是一个女儿，且接下来再也没有怀上了。家人对母亲责怪万千，是胡椒再小也会辣，金娣除了会带着妹妹，再大一些就会抵抗奶奶和父亲、维护母亲。因为是个女儿，奶奶不是很看重，母女俩都没有地位。但是在父亲眼里虽然不是儿子会有些许失望，可是第一个孩子总是心头肉，且给予了很多希望。每次金娣为了母亲抵抗父亲，父亲都会稍稍柔软下来，因为金娣壮实的外形和强硬的性格和他太像了。也许血缘关系之间最微妙的就是生命的花朵，不知不觉就开出了几朵一样的芬芳。奶奶做事不公道，偏向几个叔叔伯伯家，父亲不便开口，母亲又没有话语权，金娣就会站出来要为自家争取平等的利益，母亲妯娌间的争斗，金娣也参与进去，不容许任何人轻视了母亲。金娣也能干，虽然出去拿女子的工分可干起活利利索索，里里外外一把抓，村里人都感慨：这娃除了少了个带把的，不输男孩子啊。农村人的观念，女儿是要嫁人的，嫁出去生了孩子要和夫家姓，香火给别人家传承了，如果没有生到儿子就是断了后了。金娣再年长些懂得了父亲的心思，就给家里承诺，以后就找个村里的嫁了，生的孩子还是姓李，也是我们家的后，我就在村里，以后照顾你们，为你们养老送终。

　　金娣没有完成带来弟弟召唤，却承担着本该"弟弟"身上对原生家庭的责任。金娣嫁到了村里，且是一户兄弟特别多的人家，一家都是儿子没有女儿，把儿媳妇看得很重。金娣的丈夫仁金排行中间，性子也是不温不火，可金娣却是几个媳妇中出类拔萃的，在队里能干好活，在外和人相处也从不吃亏。做完夫家的事就会跑到娘家搭把手，把两个家都维护得妥妥当当，也实现了对父母的承诺，一直照顾到他们终老。家里的妹妹她也一直护着，妹妹性格软绵，随母亲。金娣不放心，又想着自家没有兄弟，怕妹妹嫁到别人家受欺负，于是也给妹妹找了一个村里的人家，这样她好就近照顾帮衬着些。农村的婆家忌惮几分媳妇，一来是媳妇自身八面玲珑，二来就是有个强势的娘家撑腰。妹妹虽然没有兄弟但姐姐金娣嫁在本村，婆家又兄弟众多，如此这般倒也撑起了一方天地。后来妹妹家的子女操办些嫁娶礼俗，需要娘家的舅舅坐上席、捧花轿都是金娣作为大姨来操持。

　　城里人关起门生活如人饮水，冷暖是自知的，但农村没有围墙的日子却是要过给别人看的。金娣父母没有生到儿子这件事像暗器，在自己的思想里搏斗，也被村里人的闲言碎语夹击，时不时刺中父母，金娣虽然强硬总说自己能做一切儿子能做的，但也像是吞了一把刀，不知道的以为安然无事，事实上早以伤及内腹，水做的女子

女子当自强

强硬成石。金娣和仁金结婚多年后竟一无所出，吃遍了各种土方子
都无果，老一辈人一直把生不出孩子的原因加注给女人，只会说某
某是生不出孩子的女人，全然不想也会是男人的原因。金娣不信邪，
觉得自己身强体壮是没有问题的，于是强拉着仁金去县里的医院检
查，结果真是男方的问题。金娣依旧人前强硬，不是我生不出孩子，
是男人的问题。婆家的人不敢轻视半分，外人面前金娣也是不卑不亢，
总是保持严肃，不苟言笑，不爱和妇人三五成群。为了担着娘家和
帮衬妹妹，金娣没有打算改嫁，她倒像是不抛弃糟糠之夫的大妇人。
仁金本就内敛，含胸弓背，被传出不能生育后脊柱更加不能延展了，
常常一副鸵鸟样。

　　此生劫难此生渡，人生的难题解不解得开，都得细细领受，原
来我们远比自己想象得要坚强得多。上一代把没有生到儿子当成过
不去的劫，谁料到下一代竟然是绝育。伤及皮毛的人才会停下来爱
惜羽毛，肝肠寸断的人才知道走下去，人生的路要继续赶。金娣做
主在外领养了一个小女孩——李英。为了让李英受教育，金娣又和
仁金去城里务工，托朋友的关系，金娣在县城的妇幼保健院找到了
打扫的工作，一家人可以住在医院的后院。仁金凭着忠厚老实肯卖
力拉板车谋生，远离了旧环境，仁金拉着板车背虽弯曲着，头颈却
上昂。李英也很争气，一直念着中专，学了护理，成了县里中医
院的护士长，后来找到了城里的婆家，开启了自己的人生。金娣住
的那个后院也接待了许多同村的人，屋子虽小但是乡下人来城里总
可以落一个脚，那些曾经在村里拉着别人家常的妇人，或是想来城
里谋事做，或是被老公欺凌了，要出来避避风头，都会来找金娣。

金娣虽然面相硬，说话也耿直但是心肠也是直着的，肯热心为人谋工作，也会叮嘱女人强大起来，不要受男人的摆布，来她这里接女人回家的男人都要碰碰壁，受一顿骂回去。从如今的男女之风回望过去，才能看到金娣已经走在前端，横跨了几个年代的人，女性独立自强之风，自强不息之劲，蔚然成风。

再归去已是半生，妇幼保健院的后院平整了，仁金也不再能做拉板车的体力活，两口子又回到了村里。金娣给父母养了老，李英也坚持要给金娣和仁金养老，亲生的父母来寻过李英，金娣把决定权交到了李英手里，李英摇摇头、摆摆手，说："那边孩子多，不差我一个，你们只有我，再说生娘不及养娘大。"金娣没有同自己的父母一样忧生患死，她很强硬地对李英说："我养你，不图你什么，我一辈子有积蓄，现在也能种种菜，村里扫扫地的手上活你爸也能干，你过好自己的日子吧。"

老如凋零的落叶，秋风一阵便要聚起。在黄昏薄暮的烟雾里，银发的金娣依旧没有什么朋友，她努力想做好人们对男子的期许，一寸寸地掩埋女性的笑靥，闺房密友温情，只于独来独往间强悍行路。

本该柔软的女性人生线，却因家族的使命而被打磨出铁石般的坚硬，那个扯着嗓门，一副要顶天立地的气势，却有着赚人热泪的柔情，那句戏谑的话——女子本柔，无男则刚，竟令人潸然泪下，低回不已。

高　嫂

——只有傻娘没有傻儿子

　　通衢大街，四周都盖起了新式的楼房，从高处航拍是一片飞檐走户的青砖黛瓦，马头院墙顶呈现古朴深幽，曲折小巷竟夹杂着一户皑皑危房。门时常是敞开着，鸡鸭在屋檐啄食也似看家，烟囱的袅袅缭起，才让这户老宅鲜活起来。

　　开饭的时候，人们总爱夹些菜端着碗到别人家串门，我们那边称之为"走家"。新式的宅院建了围墙，配上了防盗门，也无形中隔绝了走家的人。反倒是这间老宅，只要一生火，街坊四邻看了，都会端着碗聊着天聚集了过来，屋子里的四方桌一面靠着墙，另外三方，高嫂、龙海兄、小文拐子三人各坐一方，逢年过节家里来了客人就会把靠墙一方拉了出来，让四方桌迎八方客。来走家的人或坐在屋内的小板凳上边吃饭边和高嫂一家聊着天，或站在屋檐下边吃边挑一些食喂着鸡鸭，听着里面的人对答。高高的楼房常年是空心化，这一家老屋却日日烟火气。

这户危房永远不会倒塌，盘古用手足开天辟地，而一个为人母的力量用一生为孩子撑住一方天。高嫂话不多，干活利索，一条乌黑的马尾，十七八岁嫁到村里来，丈夫是个能干的农家汉子，公公早逝，婆婆虽然强势但却很护着高嫂。高嫂一连生了两个儿子，一家人劲往一块儿使，日子过得美满祥和。因为年年都在生育，婆婆想着法子给高嫂补给营养，高嫂吃饭用的是一个铁瓷的蓝边碗，又大又经摔。十几年了，一起吃饭的人都不在了，而碗还是稳妥地在高嫂手里端着。不能乞求生命没有风雨的倾斜，只愿有多大的风雨便有多大的力气承接。婚后的第四个年头，乌云覆盖，高嫂的丈夫得重病走了，高嫂肚子里还怀着第三胎，婆婆因为儿子的逝世受了刺激，会间歇性的神志不清，老二（儿子小文）又突发高烧，因为没有及时得到治疗，双腿残废了。天地要倾覆了，高嫂哭天喊地都失灵了。婆婆的病发作时会不认识人，乱打乱砸，清醒的时候又能恢复到从前正常的样子。公公过世得早，婆婆知道一个女人要撑起一个家的难处，想着自己已经没有了儿子，不能让孙子连娘也没有了。高嫂这么年轻，守着寡，早晚会跟人跑了，于是心里盘算着找一个上门的男人，这样高嫂被牵住了，孙子们好歹也有个家。高嫂怀着老三（儿子以文）在肚子里，就和现在的老伴龙海兄在一起过日子了。龙海兄本家也是我们李家人，幼时父亲过世得早，母亲带着他改嫁到了邻村，一直随着母亲在外长大，后来一直想回到祖籍但家里没有亲人，没有办法落脚。高嫂的婆婆洞悉了这些事情，就把龙海兄招揽了回来。自小和母亲一起寄人篱下无法归故土，入赘

高嫂家的老宅门

只能入祖不能归宗，往后孩子的宗族分支是要并流到高嫂的夫家，根须能移植旧土，龙海兄也是很愿意。

　　仍然守护着当年的土砖瓦房，高嫂的婆婆却倒了。一家之主高嫂坐上了饭桌的上位，男人总在灶前挥舞锅铲，先端上饭碗的人遇上事也要先开口拍板。高嫂婆婆在的时候，家里一应事务都是婆婆做主；婆婆若是在饭桌上问高嫂，她也多是点点头，继续吃着饭；龙海兄要么在灶前忙活，要么追着孩子喂食，好像在听着又好像与自己无关。婆婆走了，吃饭的四方桌位置挪了挪，高嫂从旁座移到了正对门的主位，龙海兄也开始上桌吃饭了。他们很少谈论家里的事情，高嫂问得少，常常自己拿主意就办了，龙海兄喜欢闷着头喝点家里酿的米酒，给孩子喂饭的事渐渐让大孩子代劳。

　　高嫂和原来的丈夫生了三个儿子，和龙海兄生养了一儿一女，五个孩子好在大小错落，相差的年纪大，不是一口气全拉扯长大，最大的快要成家了老小才出来。五个孩子高嫂都很护着，力图一碗水要端平。龙海兄倒像个婆姨，言语和行动里会倾向自己的一双儿女，想来胸襟与气魄全然没有男女之分，见识与格局才能驶航定舵。高嫂的大儿子大文老实憨厚，娶了个媳妇叫连里。连里大事上拎不清，却事事凌驾在大文身上。大文做事拿不定主意，从前都听娘的话，成家后凡事都听老婆的。连里为了生个儿子，前面生了四个女儿，家里养不活就送走了一个，换了些钱。高嫂因为儿媳送走了一个孙女不乐意，劝了儿子几句，"娘再辛苦也把你们几个拉扯大了，你和连里身强力壮，可不能送了自己亲骨肉，以后是要被人戳脊梁骨的"。大文听了娘的话倒是没有微词，只是这话传到了儿媳连里耳里，

龙海兄（高嫂的丈夫）

就不得了了。连里跑到高嫂家就破口大骂，"我自己的孩子，自己处理，不要你管，你要再多管我家的事，就断了关系。"高嫂心里气得痒痒，可还是为了儿子家里能和顺，任由连里叫嚷，一言不发。大人对孩子无奈时，总会想起那句"儿孙自有儿孙福"来宽慰自己，这也是为孩子默默祈祷。

大文的大女儿十七八岁时有人上门提亲，对方是个独子，家里在城里有房，只是因为读书落榜，落下了后遗症，成了书呆子，可对方承诺给高昂的礼金且不要女方陪嫁。大文没有主意，连里禁不住诱惑，满口答应了。这些年儿子家的大事小事高嫂都忍了过来，可这一次关乎孙女一生，高嫂上门劝连里，"不能为了钱，毁了孩子一辈子啊，没有这样做父母的"，连里平日里一腔歪理的劲头上来了，毫不留情地说："你这老棺材，不许你踏进我家的门，早就说了我家的事不要你管，要叫村里干部来公证，咱们断了关系。"高嫂要面子，不想村里人尽皆知来看笑话，一边抹着泪一边说着，"好，我不管，我就当没有这个儿子。"大文听老婆的话，不和高嫂来往了。可孙女出嫁时，高嫂还是忍不住在村头迎亲队伍后跟着走了好长一段路，还添上了些嫁妆。逢年过节要自己做饺子、粽子、清明粿等手工品，高嫂总是要多做几份，龙海兄会嘟囔："家里就是我们三个在，其余的都成了自己的家，我小儿子和小女儿也都在外地，不要这么辛苦了。"高嫂不理会，埋头做自己的，然后会送一些在村里成家的大文和以文。高嫂八十多岁了，从年轻时种的菜地到现在一点也没有落下，孩子成家了也是自己的孩子，大文一家不认她了，她也总是把菜送到门口就走，有时候碰到了孩子在门口，她也会掏出些零钱给孩子。这世界上啊，多是不要娘的儿子，却极少数不要儿子的娘。

　　十个手指有长短，只有旁人才去比较，为人父母只捧着手心手背都是肉。小儿子在外务工赚了些钱，在乡下盖了楼房，想让高嫂和龙海兄搬进去住。龙海兄动了心思，可高嫂不动，老二小文，生病时落下残疾是双拐，一直没有成家，四五十岁了还是跟着他们过日子。高嫂想着搬去了小儿子家，小文以后就要自己开火了，没有人照应不太方便。龙海兄也劝她："我们总要老的，以后走了也是他自己一个人过日子啊。"高嫂不听，想来为人父母的若不能为孩子谋深远，总要死死地为孩子守住最后一条底线，那便是自己活着一天就护着一天。后来国家的扶贫政策来了，小文成了村里精准扶贫的对象，村里安排就业，给了他一个收门票的工作，还给他一些日常物资的补助。小文的生活日益好了起来，给自己添置了一辆电动车方便出行，常常去上街逛逛，还在自己的房间装了一台空调。高嫂地里的农活，小文很少去帮忙了，生活的提升好似为他添了双足，他仿佛要渐渐地挣开母亲的手，自行站立。高嫂觉得自己辛苦些也没有关系，只要孩子们都过得好就放心了。三儿子以文还在肚子里就没有了父亲，或许还遗传了婆婆一些精神上的不稳定因子，只要稍受刺激就会精神紊乱，发作起来六亲不认。以文发病会伤人时，高嫂总是第一个冲上去，儿子可以伤自己，不要伤了旁人，清醒的傻娘甘愿受儿子的拳，儿子却丝毫不觉得愧疚。儿子的病成了高嫂的心病，为以文发病担心，又怕下一辈和下下辈的子孙受影响。

　　四周的新房，包裹着这老旧且沾着潮湿气息的危房，暗灰色的色调，唯一的家具——四方桌旁坐着两个银发老人和一个拄着双拐的中年男子。旧式的门槛上一只鸡单腿站立着，晚霞抹上了乌色，石阶滴落在夜色的怀抱里，走家的人又陆陆续续端着碗，扯着嗓子来串门了。

木　媖

——余生要自己做主

　　木槿花朝开暮落，缠缠绕绕匍匐在枝藤堆里，花茎短小，生长被拘着了，但只要熬过了几世春秋，也能兀自美丽盛开。

　　木媖有五个哥哥，有四个妹妹。自她起就要剪了枝头，落到别人家芬芳。孩子太多没有办法养活，儿子被认作是家里的血脉，不能轻易割舍的；木媖是长女，从她开始后面生到了女儿就都送给别人家养。木媖尚在襁褓，父母作了主，把她送给了隔壁邻村一户无所出的人家。养父家两兄弟，养父是老大没有孩子，养父的弟弟也只生了一根独苗，成了两家人的希望，都十分宝贝着。养父打算亲上加亲养大了木媖就嫁给自己弟弟的儿子。木媖打小就知道了自己的身世和将来的命运，她的命写在养父的生命谱子上。养父祖上是个地租户子，虽然在土地革命时期充公了许多祖产，但是家里零零碎碎还藏了些金银元宝，日子还算过得去。养父性格暴虐，说一不二，对待木媖从来没有一个父亲的温情笑脸，甚至于不满的时候会拳打脚踢，使得木媄从小便唯唯诺诺不敢有自己的想法。她不仅操持一家人的洗衣做饭的家务，还要去照顾养叔父家的独苗儿子，从小就知道日后他会是自己的丈夫，虽不喜欢，但却不敢有别的想法。养母虽待她亲和却因为一直没有生孩子，在家中地位极低。家里的奶奶视她们母女俩为眼中钉肉中刺，养母常常有心护着她，可自身也是一尊泥菩萨。奶奶自小在大户人家长大，吃穿用度都有讲究，但对她们母女是极度的抠搜，木媄打小就吃饭不能上桌，盛好饭后夹一筷子菜，蹲坐在门角边边，在一家人吃好饭前，扒拉几口赶在父亲和奶奶放碗后收拾残局。出嫁前一直都是穿着奶奶的衣服改小的料子，为了使得衣服更加经穿，睡觉永远都是全裸着，奶奶说夜里睡觉乱动最容易把衣服的料子磨旧磨破，于是一年四季都不让她隔着衣睡觉。

　　丛林里的木槿花努力地探头出来，只会被束缚得更加不得喘息。养叔父的儿子到了上学的年纪，被送进了学堂，由于离家远，木媄要每天送午饭去。送饭的那一段路是一条长长的乡道，树木葱茏，野花也会越过枝丫舒展到路上来，木媄感受到了前所未有的自由。有时候早到了，学生们还没有下课，木媄就会站在教室的窗前，踮起脚，耳朵贴在玻璃上，眼睛去寻找黑板，像个小偷一样盗取里面的知识。木媄在一直被压制着天性，不敢表达，但是培养出了吃苦耐劳的韧性，看着老师在教室里传授知识，她便碎片式地记忆，在田里劳作的时候还会用枝丫比画每日看到的生字，当脑海里充斥着能量的知识就会淡化了生活的劫难。木媄喜欢上了读书，总是有意把每日送饭时间拉得很长，长到后来每次她回娘家走到那条道上，

木媖

都觉得有些字还能回想起来。后来公社里要排练节目，需要选拔一些女学生和男学生参加大合唱，为了凑人数，木姨也被选了进来，学生们白天要上课，只能是晚上排练。即使白天忙活了一天已经很疲惫了，晚上去学唱歌的木姨还是精神满满，夜晚的月光会给人能量，学唱歌的时候老师还要给大家普及歌词里的字，这样的每一个晚上木姨都能攫取很多的知识，她识得的每个字都如星光一样璀璨。节目上演后，年轻的老师看出了木姨的好学和她在学习上的天赋，于是私底下鼓励木姨以后来学堂上课。木姨也动了心，可是从小到大自己没有做过主，大大小小的事都是听养父的安排，她从来不敢有任何自己的想法。想读书的念头竟像是被施了魔法，整日里缠得她寝食难安，她鼓起勇气去和父亲商量，好多次故意走在父亲身边，看到他横眉冷对的面容又活生生地把话给吞了下去，也不知道是翻了多少个夜，在一个夕阳将残的黄昏，她走在养父的身旁，愣愣地叫了一声"爸"。养父抽着烟，没有回声，瞥了一眼，用眼神示意让她开口。木姨脑子放空，一鼓作气把心里想了许久的话吐露了出来，"爸，我要去读书。"养父听了竟无任何波澜，只觉得是耳边吹了一阵自然的风，无声无息。木姨说完后，呆若木鸡地怵在一旁。养父把烟抽完，烟头掐灭，不急不缓地走到柴房，抽了一根柴木走出来直接往木姨身上抽，什么话也没有。一顿暴打后，木姨知道了答案，身上的痛让她永远记得了，有些话不能开口，有些事自己做不了主。知识的星空在她的世界永远地黯淡了下去。

养育的恩情成了肩上心甘情愿的责任，家中唯一亲近的养母因为难产生下了妹妹后就撒手人寰了。养母走的时候木姨有十几岁了，

已经能承担起一个女主人要承担的所有责任——照顾年迈的奶奶还
有养育襁褓中的小妹妹。虽然只是个女儿，但毕竟是自己的血脉，
养父把小女儿看得极重，家里事事都要依着这个小女儿不说，木媄
更是白天夜晚都要照顾这个小妹妹。同样是女子，自己和妹妹的命
怎么就一个天上和一个地下呢。她会在心里偷偷地记恨着亲生的父
母，若自己从小在亲生父母身边长大，是不是好多事都能自己做主
了呢。她也只是想想罢了，因为一生下来就被送人了，注定这一辈
子没有办法自己做主了。木媄十七岁，养叔父家的儿子从学堂带了
一个姑娘回来，说两个人是同学，姑娘怀孕了，要带回来结婚。既
然木已成舟，家里人自然是要助舟渡岸，木媄和养叔父儿子打小定
的婚事也就没有人再提了。

　　隔年村里来了一批外地修缮屋顶的工人，基本上家家户户都需要
修补，工程队待了好长一段时间。木媄每日清晨在河边洗衣服时，就
会注意到一个同样在河边洗衣的男子。男子每次洗衣都要哼着歌儿，
那欢快嘹亮的歌喉，好似把洗衣的活都当成了嬉戏。洗完衣服后男子
还会跳进水里扑通一番，有时会游到木媄洗衣的身旁，木媄胆子小不
敢和陌生的男子搭讪，所以常常低着头看到了也像没有看到一样，仿
佛身边游动的是一条大鱼。后来，男子更加主动，总是挨着木媄身边
洗衣服，看到木媄费力地用木槌捶衣时，会拿起衣服，用有力的双手
三下五除二地把衣服的水拧干。起先男子走得近，木媄会有意地躲着，
女子的羞涩和心中的畏惧提醒着自己要保持距离，甚至离得远远的。
到木媄家房子修缮时，便躲不开了，工程队的人做到哪家就吃住在哪
家，日日要相见。男子对木媄格外的留心，自己不做工时，就会帮着

木媖做一些手头上的活，木媖洗完时，他便主动去把水池的水挑满，有时做饭他也进厨房烧火。长这么大，还是第一次有人对木媖这么好，她人生中第一次感受到了爱和呵护。男子年纪和她相仿，打小父母双亡，一直跟着亲人生活，能做事后就加入了工程队。木媖知道了男子的身世不禁想到了自己，都是同样可怜的人啊，除了爱，木媖对这个男子有了更深层的共鸣和同理心。男子要和她好，可是她自己拿不了主意，这样的大事都得问养父。于是男子拉着她到养父的面前，说两个人想结婚，以后会一起孝顺他，希望养父能答应。那天的夜里电闪雷鸣，风簌簌地吹动半粘住的门联，雨打落得像人回应的声音。养父给了男子一个选择：自己没有儿子，养大了木媖是希望以后有人养老的，木媖不能远嫁，要么男子留下来入赘，不然是没有可能的。男子也是家中的独苗啊，要是入赘了，父母泉下有知，怎么能安宁，他怎么对得起亲戚的一番帮扶。雨滴"嗒嗒"地滴落在地上，可他却无声了。知道他没有办法答应，养父禁止了木媖和男子的往来，常常让小女儿跟着木媖进出，不让他们有单独相处的机会。大半年的光阴落幕了，年关将至，这个村的房屋基本都修缮好了，工程队也要返家。临走的前一天，男子托人给木媖捎信，想再见一面。收到信后，心思全都飞走了，趁着妹妹在做功课，自己以挑水为由出来见了一面。男子要返家了，也许再也见不到了，要是她愿意，男子要带她一起走，他们家里远，养父找不来，就算找来了到时候生了孩子，他也没有办法了。对木媖来说去赴约已是冒险的开始，她早已准备好，为自己做一回主了，她没有立即允诺男子。那天夜里星星明亮，月亮圆融又明媚，把人的心事都勾了出来。木媖等着妹妹和父亲都睡下了，自己起了身，一只脚刚踏出门，回头看见妹妹的被子踢开了，又转过身来，把脚扯了回来，终究她踏不出去。那一夜她没有上床睡觉，而是坐在床边，看着月光洒在窗下，静静地和时光一起流淌。男子没有等到她，返乡去了，养父不再担心木娸一个人外出了。

　　木娸二十岁的时候，养父给她找了现在的丈夫，邻村比她大十几岁的发得。养父看中了发得力气大，能干体力活，家里兄弟多，父亲过世早，以后可以多照应他这边。发得先是答应了养父可以长期定居在木娸家，而后不到一年，木娸怀孕了，发得就劝说木娸跟着自己回到李家，木娸没有主意，原先一直听养父的安排，成了婚后就自然而然地都听丈夫的话。发得以回家陪老母亲过年为由带着木娸回了家后，就再也没有回去了。养父虽然生气，但也知道自己架不住发得家的几兄弟，况且木娸又怀孕了。木娸嫁到发得家里虽然是长嫂，可却是几兄弟里过得最落魄的一个，常常要向妯娌借油米度日，木娸在家里也没有长嫂的威严。发得是长兄，自小就是很有主意，里里外外都会盘算，什么事也都是发得安排，木娸照做就是了。木娸生第一胎坐月子时，和发得发生一些口角，原以为自己月子虚弱，发得会让着些，可是却遭了一顿拳打脚踢。自那后木娸再也不敢发声了，与发得虽没有举案齐眉的夫妻之情，却也要看着孩子的份上，同他一起把这个家耕耘下去。他们共同生育了两个儿子一个女儿，待两个儿子成家后，木娸也没有媳妇熬成婆的威严，反倒怕两个媳妇嫌弃家里贫穷，过不下去日子然后一走了之。于是自己处处忍让，凡是媳妇提出的要求，自己苦点累点都要去完成，从来都是儿子媳妇怎么安排她，她就怎么去应和。等到有了孙子孙女，她在城里伴读，孩子要吃什么菜，几点去接送，她都听孙子孙女的安排。城里人把这样的不自己拿主意的行为方式称之为"开明"。只有她自己知道这一路来，她都是别人指着路，她往下走的。后来，发得得了脑溢血成了半瘫，手脚不便利了，但是脑子还是清醒着的，就在病床和轮椅上指挥着木媖，尽管已经不能动弹了，凭着那双怒火的眼睛，木媖也是畏惧的。因常年服用脑溢血药的发得伤到了胃，患了胃癌，医生诊断是晚期了，拖了半年，就去世了。发得走的时候七十出头，木媖还六十不到。

常年被压制在藩篱中的木槿花，熬过了隆冬岁月，缠绕的枝藤枯死，只剩下花还盛开着。

发得过世后，木媖像是变了一个人。原以为没有了发得的安排，日后木媖失去了主心骨，是要跟着几个孩子度过余生了。可木媖却像重生了一样，大儿子本安排在发得的碑墓旁留一个位置给木媖百年之后两个人合葬，木媖一口回绝了儿子，并提出今后都要自由，死后也不要和发得再相见。发得的葬礼上村里人看到了一个大家长式的木媖，把葬礼的习俗安排得妥妥当当，几个弟媳妇和儿媳妇也在她的指挥下做事。是夏暮与初秋的无缝衔接，炎风转凉，草木成黄。原来由发得掌管的事情都交到了木媖手里，她回绝了给大儿媳妇看家的要求，也不应和小儿媳妇帮忙照料孩子的请求，而要搬出去自己独立地生活，听了养父二十年，听了丈夫四十年，接下来的生命要自己做主。不仅是自己的事情，家里大大小小的事，从前的应声人，也脱去了隐身衣，要窜出来发出自己的声音。养父在世时，不让她和亲生父母那边走动，她也不敢探出个头。如今，她拾起自己长女的身份，把几个同样被送出的妹妹召集在一起，逢年过节要一起去亲生父母那边聚一聚，十兄妹要整整齐齐。养父家的妹妹对姐姐走动亲生父母的家庭不太满意，木媖也训斥了她一顿，表示自己在那边是姐姐，在这边也是姐姐，今后的决定弟弟妹妹都要听着。小孙女和一个单亲的男孩子相恋，男孩家庭关系复杂，家境也不太好，儿子和儿媳坚决反对，小孙女也拗不过父母，想着要作罢了。可是木媖却站了出来，力挺孙女选择自己的爱情，极力地拉拢两个人，还使出自己一家之母的权威，不允许儿子和儿媳棒打鸳鸯。孙女如愿地嫁给了自己的心上人，木媖将自己初恋的故事分享给了小孙女，后来，小孙女通过现在发达的网络，打听到了木媖的初恋，要带着奶奶去见上一面。等到要见面时，木媖紧张得像那年在河边浣衣见他蹿进水里游到她身旁一样，还特意给自己的头发焗了油，抹上了孙女的口红。可是真要回首时，木媖只是站得远远地看了一眼，那个男子还是当初的温柔，在夕阳的余昏里牵着现在的妻子。木媖看到这一幕如同自己亦走进了夕阳里，大概当初自己做了主，眼前最浪漫的温柔也该倾斜在她的身上。同村里人相处时，木媖也不再一味地忍让了，她要发自己的声，满自己的意，却惹得许多人的诟病。他们都说木媖老来要"改行"（村里人用来形容人的本性变坏）。

　　人们总想让别人做舍己为人的菩萨，而不去体谅菩萨的处境，等到有一天菩萨要下凡做一个肉身凡体、有情有欲的人时，反倒觉得是菩萨不对了。木槿花离了枝头想余生含着自己的香。

　　元气回向而流，初心老来苏醒。木媖被束了一辈子，接下来的人生可以自己做主么。

同福兄

——剃头匠的江湖

　　昔日里可升可降可旋转的自动椅被废弃在庭院的一角，他不许儿媳妇丢掉，常常一整天坐在上面苦思冥想，椅子因老化不可调节也不可旋动了，可它曾经承受着一村人头顶的斑驳记忆，见证过毫发末丝灰飞烟灭的踪迹。

　　他的那双布满青筋颤动的手再也拿不动剃头的剪子，梳妆台镜落满了灰尘生了裂缝，破镜失去了作用，人也老化了，有些功能和手艺渐渐地销声匿迹，剃头铺不开张了，剃头的师傅还在。同福兄十几岁的时候在镇上和剃头的师傅学了这门手艺，村里人剃头就不用特地去赶集了，几百户人家上千个头，几代人，都坐在同福兄的那把椅子上剃过头。剃头有一大串工具：给顾客用的围布要备上好几条，大人用的小孩用的不一；专门的一个小木箱子放着各种型号的剪子和铲子；一个小的塑料盒放着一块肥皂样的皂子，它不是用

同福兄大儿子打鱼归家

来洗衣服的，而是用来给大人剪完头后修脸用的，往人的脸上直接抹上一圈，沾上清水打发，就会出现许多白色的泡沫。同福兄就是在泡沫堆里用一把小刀把男人脸上的胡须修得洁净，剪完头修完脸的人出门后总显得格外精神，好似满头的烦扰和一脸的沧桑都被修剪得消失殆尽。同福兄一家人靠着他这门手艺足够糊口，在村里还有不错的地位。他很是娇贵自己的一双手，从不下田地干重活，家务也是妻子万嫂一并承担了，毕竟他能给家里带来现钱以作补贴。看同福兄家里的光景，村里人就悟到：纵有万贯家产在手，不如有一薄技在身。人啊，不想老老实实种地就要有一门吃饭的手艺。同福兄的两个儿子，老大像万嫂老实勤恳，种了一辈子地；而老二像同福兄一样有手艺做了驾校的教练，靠着开车谋生，一直在城里生活。

当剃头的手艺不再停留于仅满足日常的需求，人们开始追求一种愉悦舒适的服务享受以及更高的审美要求。那个男子统一剪寸平头、女子修剪为齐耳短发的纯真时代，已经随着历史的滚轮翻转过去，属于他们的那个时代已经过去了。

起刀，落地，剃生死。刚出生不久的婴儿要选个良辰吉时提前约剃头师傅来家里，给孩子剃一剃胎毛，胎毛一半落地一半要留起来。对待孩子，同福兄既耐心又小心翼翼，一向神色不外露，多严肃之态，可见到人类初生的幼犊还是会忍不住要袒露出最柔软的自己。同福兄给孩子剃完胎毛后，总是要为孩子沐浴一番，他面带微笑哼着小曲自己也很享受的状态。那是孩子不知情之时得到的难得的温柔，孩子耳大一些的时候被大人带着去剃头，多数是哭着去的，好似每一个孩子天生怕带利器的大人。有的事先和父母说好了，要好好地剃头，可是一坐上那把椅子，像交付了生死一样慌张，总会把自己吓哭。同福兄也不会去安慰孩子，只是冷冷地让孩子坐好，不能乱动，不然剃出了血，可是自己遭殃。许多孩子都是一边啜泣着一边剃完头，等到同福兄给孩子冲洗的时候，孩子哭累了就睡着了，大人常常都是抱着孩子回去。有时候孩子比较乖，剪头发的时候不偏不倚，同福兄就会像变魔法一样的从木匣子里掏出糖果，语气依旧冷冷地，像是要把自己嫌弃的东西给出去，孩子也不敢说谢谢，只是讪讪地拿着。大人来剃头的时候，那把升降的椅子多了一个功能，靠背的地方被平铺下来让大人剃完头后躺着可以修脸。同福兄用一个小脸盆打着滚烫的热水，然后把干净的毛巾浸润在水里。完全沾湿后，他两手像火钳子一样迅速把毛巾拈起拧干，铺平在人脸上，毛巾带着热气使人整个面部呈放松状态，男人的胡须也会软化下来，时间和温度都得把控好。取下毛巾后，同福兄就从盒子里把皂子拿出来蘸一点点水打湿，然后抹在人的脸上，皂子沾了水再加上同福兄手的摩擦，会立马出现许多似奶油的白色泡沫。当泡沫覆盖住了面颊，同福兄就从自己的木匣子里取出修脸用的刮胡刀，刮胡刀和刀片一样锋利，要是手法和眼神不好很容易刮伤人脸，同福兄眼疾手快手法娴熟，许多躺着修脸的人完全不知已经过了这么多道工序；直到脸修完，同福兄又重新打了一盆热水给人清洗。洗完后要是后面没有人等着，便不会叫醒客人，让他睡着自然醒；遇到年纪大些的人，修完脸后，他还会帮着人剃鼻毛，老人一向睡眠浅，要是躺在剃头椅上小憩一会儿，同福兄还会附带做一个"放睡"——现在的人称之为推拿、按摩术，讲究用双手按摩穴位、捶松筋骨、捏攥放松。一套下来受得住的人如梦神仙，不受力的年轻人觉得是活受罪。有时遇到脱臼或者筋骨不好的情况，同福兄也会正正骨，松松筋。除了剃生人的头，村里的剃头师傅还要肩负着帮过世的人打理遗容，让他们干干净净上路。死人不能抬去别人家，给死者剃头，常常是同福兄背着自己剃头的家伙在指定的日子和时辰去到亡者的家中。如果遇到亲属胆小或者有所忌讳的，同福兄还会帮亡者擦身子，换寿衣，他常挂在嘴边的话就是"人啊，活着要干干净净的，走也要干干净净的"。

　　拿起剪刀剪去从头而生的岁月沧桑，那一双年轻而有力的手不再利索，生锈钝了的剪子和人一样注定要消逝。二十世纪九十年代初，人们陆陆续续地涌入了城镇化热潮，年轻人从着装到发型都狂热地追捧港台明星。染发、烫发成了主潮，一个新事物的兴起必然伴随着另一个旧事物的消亡，而后只有理发店再无剃头铺，只有形形色色的理发师再无专注剪发的剃头匠。同福兄的剃头铺渐渐地只剩下了留守在村里的老人会光顾，头一个又一个地倒下。不记得是哪一次同福兄给人剃头铲出了个伤口，那人纵身蒙昧的激流，飞碎成散沫，同福兄剃头的手艺经受了人们的质疑，已经没有新生的孩子在这里剃胎毛了，专业的医院承担了这项人之初生的起刀。剃须刀的普及也替代了传统的修脸手艺，人人都成了修脸师，推拿、按摩有了专门的场所。活人的习俗变了死人的礼节也跟着翻篇。万嫂是同福兄剃头生涯最后的谢幕者，老年突然中了风，全瘫在床，几个子女轮流照料。同福兄自己也年老孱弱，虽行动能自理，但日常的起居还是需要人打理。万嫂磨床半年的样子，同福兄坚持每个月给她理发，长长短短，短短长长的发，一个没有了要求，一个也给不了满足。万嫂歇气落地的一刻，子女们忙着联系殡仪馆。同福兄端起脸盆打了一盆水，拿出自己剃头的工具，泪眼模糊中给万嫂理了他理发生涯的最后一个头。

人间鹤龄仍是岁月长河的稚童，儿子带着小孙子去街市上理发时，同福兄也要跟着去。他的口袋里总是放着一把梳子，时不时要掏出来梳理自己的银发，去理发店剃头自己也有要求——中间留几寸，两边剩多少，都要和理发师说得清楚明白，剪子怎么去修鬓角他也会去指导年轻的理发师。只是他坚持的发型只剩下他在固守了，现在的人都不是常性，再也没有一辈子剪一个发型的人了。

剃头剃到了江郎才尽，剃到了无人问津。已经如此，一个人收获了丰实的经历仓廪，既在人生的边缘上，又在手艺的内卷中。同福兄坐在那边椅子上沉思凝眸：这一生除了剃头，他没有第二个江湖，他也曾在那个江湖里赫赫有名过。当一切都已沉寂下来，他在等心中尚有余温的火萎了，再去寻一寻那些熟悉的头。

刘老嫂

——框了这一世，救了三家人

　　"框"字带有家乡口音，本为了方便读者理解，想用"荒"字代替，但总是觉得"荒"字太弱，表达不出一个十四岁少女想豁出这一世，以一命换三家人命的肝胆侠气。

　　她越来越佝偻着背，双手像荡桨一样两边晃动，被裹过的小脚落在地面，虽涓流而入，却蓄奔涌之势走来，如同几十年前入村时，步伐坚稳。

　　十四岁的她，泪目无声站在湖岸，看着一群人打捞蹽水的母亲。这是母亲第三次蹽水了，她扑通一下跪了下去，奋力地摇着呛水的母亲，深闭着眼，脑袋耷拉下去重重地点着头，说着"我嫁，我嫁，你好好地活着，我就框了这一世"。

　　五岁丧父，还有幼弟幼妹，靠母亲一人之力拉扯三个孩子。作为长姐，从小就生活独立内心如野草，不用春风也坚毅拔地，要和母亲共同撑起这个风雨飘摇的家。日月则明，男耕女织。土地上的农活永远少不了男人，犁地耕田孤儿寡母做不了，连牛都有性别歧视，女人的鞭子策不动它。每年这个时候就要去求助邻村的外公和舅舅。外公自是没话说，每每牵着牛来还要给家里添些油米。老黄牛在贫瘠的田里嘶叫，外公更加用力地推赶，苦楚的日子翻不了新，土地的翻转却是对外公的消耗，人和牛一样进入了垂暮之年，老黄牛如如不动，外公也常常下不来床。母亲带着她从原本一贫如洗的家里，搜罗一些七零八碎的上门礼去请舅舅，舅舅是个忠厚本分的人，每回去都是心疼这一家孤儿寡母，忙完自家的活就要随他们去。只不过舅母倾压在天平的一端且处绝对优势，舅母不倾斜，舅舅便被高悬一端，上下不是。母亲站在一旁局促不安，她便抖机灵到舅母跟前，给舅母捶捶肩、捏捏腿，舅母也总是不情不愿诉着难处："刚忙完家里的农活，人和牛还没有缓过来，又赶着给你们干活，可得记恩啊。"她也总是立马回应："那是，那是，等我长大了肯定回报舅舅舅母。"

没有父亲的庇护，从小就知道要仰仗他人的援手讨生活。人情冷暖尝得比同龄人更多，却立志以后要做一个为他人在寒风中添一把柴薪的人。为邻里看看小孩子、给老人送送饭，七七八八的小事搭一把手，她自小就有禀赋。

舅舅舅母家里有个独苗儿子，长她七岁的表哥，发育迟缓、身材矮小、神志如童，纵是有一家人的宠爱，还是享不了学堂之福，二十多岁牵着一头牛在田地里晃悠，牛的日子是每日吃草吃到了时令耕地，他的生活就是吃饭放牛。方圆十里没有哪家愿意把姑娘嫁给他，舅母对她打了主意，撺掇舅舅去和妹妹说，把她领来当童养媳。母亲疼她也疼娘家，娘家可就这么一根独苗，香火不能断了，把她嫁过去也不至于嫁出去的女儿泼出去的水，以后亲上加亲，更好地帮扶家里。况且哥哥家的光景也不差，又是自小看着她长大，自然不会苛待了。

冬夜的星火暗淡，黑得早，吃过晚饭，母亲领她进屋里，边帮她梳着头发，边说着去舅舅家过日子的事。她性子烈，一口否决。母亲知道她骨子里的刚劲，好说看来不成了。于是第二天一大早同往常一样提着衣服去湖边，洗完衣服后，当着洗衣的阿姨、婶子的面蹚了下去，湖边传来七嘴八舌的叫嚣："救人啊！救人啊……"本就是晨起大家都出门干活的时段，这么大动静，折腾一下母亲就被救上来了。正在家里做饭的她，听到有人喊，立即跑了出去，看着被打捞上来的母亲，虽没有什么大事，但冻得在地上哆嗦。心头软了下来，可有一股不认命的倔强依旧挣扎着。拎起母亲洗过的衣服，扶着母亲进家门换上干净衣服，两个人都不说话。日升月落，日子过了大半个月，舅母看舅舅办事不成，起了对外婆诉苦的念头，让外婆去劝说母亲。外婆过来了，紧紧攥着母亲的手，一把鼻涕一把泪地对母亲说："儿啊，你命苦啊，娘也活不下去了，家里要断香火了，村里人指指点点，你爹又躺着下不来床，对不起祖宗啊。"母亲原本冷却的念头又重新燃起。这一次是午时，大家都做完工回家，母亲路过湖边，放下手中干农活的家伙，又蹚了水。下工回来的叔叔伯伯救了母亲，喊了她把母亲接回家。她看着母亲这次真的被水呛着了，实在经受不住这样的冲击，心彻底软了下来，只是嘴上还是不愿松口。这回母亲依旧没有说话，换了衣服吃了饭，下午又去赶工了。事情在她心里只差一阵无所事事的风开一个口子，再

刘老嫂

刘老嫂喂鸡

后来舅母直接上门来，先是拿出气势放狠话："有事往我家跑，真要回报了，迟迟不见响应，以后春耕别来借牛借人了，逢年过节也不往来了。"母亲不作声，舅母开始了哭腔："嫁到你们家我不容易啊，一家老小，你爹躺床上了，你侄子又整日里悠悠荡荡成不了家，我活不成了，你爹娘也活不了了。"母亲开了口："嫂子，你回去吧。活不成三家都活不成了。"舅母走后的傍晚，母亲没有吃晚饭，什么也没有带，又去蹽了水。这一次月黑风高，没什么人在湖边走，要不是邻居牵牛去湖边喝水，就真的没有母亲了。所以这一次她再也忍不住，如入秋的蝉，只剩最后一声鸣叫，她开了口："我框了这一世，一命换三家人的命，我嫁，我嫁。"

　　没有敲锣打鼓，喜幛高悬，有的只是一片寂静，暮秋万物的飘零，初冬四野的苍茫。就在年前挑了个日子，把她送到舅舅家里过年，她不说话坐在镜台前，母亲也不叮嘱什么，好似平常的日子帮她梳着头发，这一次没有扎两个马尾，而是挽起盘髻，用簪子拴得紧紧的，好似乡间村妇。

三代的刘老嫂

那一锅汤清鲜飘逸，虽是肉汤却如田野黍稷爽人，加了葱姜绵延了辛暖的温度。"刘老嫂，我有肉吃，修子就有汤喝。"

到舅舅家三年后，自耕田统一归队里管了。农民合作社大家同劳同食，劳动了就给记工分，她和舅舅舅母成了家里出工的劳动力，表哥依旧被分配管着牛。是山，不弃抔土注定会高高的；是水，不捐细流注定会长长的。有些人即使被命运掐断了选择、扼住了喉咙，依然会在衣食碌碌中唱出天籁。村里的戏曲班子收学员，白天要干活，晚上学唱戏，报名的人有一大批，可坚持学下来的只有她和老先生的儿子。进入戏曲之门，为她开辟了一方新的天地，新思潮的热涌下登台的第一台戏唱的是《童养媳》。她把自己浸润在戏曲的世界里，一半靠禀赋，一半靠努力，唱他人也唱自己。原以为母亲和家人能为粉墨登场的她拍手鼓掌，却发现台下的母亲看戏抹泪，外婆和舅母更是黯然归家。是她没有考虑周全自顾自怜，忘记他人胸臆的块垒，时代之下人人都不易，况她是不曾受苦待的童养媳。"师傅，我要学新戏，不唱这台戏了。"老师傅没有识过字，脑子里七十多台本都是一辈子的积攒，传给弟子也是一句一句口授，先生每个角色每

刘老嫂和作者

句词都信手拈来，救场如救火，弟子带了一批又一批，"夫夷以近，则游者众；险以远，则至者少"。先生欣慰她有天赋又肯吃苦，对她也是倾囊相授不遗余力。《牡丹亭》《陈世美》《方卿戏姑》……五十多台戏让她神游于戏曲的奥秘中，穿梭于古今之间，欣然忘我活在戏里戏外。

浮生若梦，人生之戏不比台上曲径通幽。和表哥同房三年没有结果，舅母知道是自己儿子的问题，可家里香火不能断的意念使人错落，不知道是谁出的主意，让她找外人怀上孩子来续香火。她断断是不肯的，戏曲的精益已饱满了她的血肉，健壮了她的筋骨，女子的刚烈贞操比性命还重要。或许是被他们的诚意感动了，最后，刘老嫂共有了四个孩子。

士绅登将相，富贵不敢忘。戏里唱了韩信报一饭之恩，戏外她家了了豆豆一汤之诺。豆豆是村里小她十几岁的小老弟，年幼父亲病逝，生得矮小，劳作费劲，娶妻艰难。她生了怜悯心，带着他唱戏挣工分，给他纳鞋过冬，为他筹钱娶媳妇。豆豆一直称她为刘老嫂，没有以夫姓冠她，许诺将来自己日子好起来了，家里有肉吃一定带着修子有汤喝。千金难买少年穷，豆豆从了政，成了她戏里的"包青天"，深受一方百姓爱戴。唱了八年的戏，"文革"十年所有的行当都毁了，戏不让唱了，她哭了三天三夜，她是彻底明白孟姜女哭长城的悲天喊地痛彻心扉，日子还是要过下去，没有戏的日子她一刨一刨地问土地，土地以丰收给予她回应。

刘老嫂八十多岁了，不肯和子女生活在城里，奶奶遇到事要去找刘老嫂商量，爸爸遇到问题也会说去问问刘老嫂，而我和她更加亲密，她城里的儿女给她寄来的东西，我总是帮她跑腿分到这家一些，那家一点。刘老嫂不爱喝茶水，常年饮啤酒解渴。村里人外出务工回来时就会给她捎上当地的啤酒。我们有典范可敬仰的追随，在踏入社会时继承了一份精神祖产。

严冬与晚秋，阳光耀眼的白，我从她白发的髻，看到了她青涩岁月，越过今朝遥知往昔。那个打算框了这一世的女子，活成了几代人的刘老嫂。

小　王

——巷口的路标

　　村子里没有路标，要是外人来问路是问不清楚的，村里人之间指路多用人名、树名、坡名、沟壑名、湖名等代指，像是熟人间的暗语，外来人全然摸不着头脑。哪怕人树已逝，沧海桑田有些地标的名称还是永恒地刻画了下来。村中心的一条路，偏中间的一个段，靠近电线杆的巷口，我们都称之为小王巷。因为在那个巷口，从清晨到傍晚，总能看到小王蓬头垢面，衣衫不整，一边喃语一边伸出食指指着一个地方，身体前倾并晃动着，像个不倒翁，一启动就是几十年。

　　小王是四川人，早些年逃荒到江西，后来几经辗转和朋友大王（因为年纪比小王大些村里人叫她大王）一起被连哄带骗地嫁到了我们村里。大王嫁的人本分些，日子过得还算安生。而小王嫁的是我们村的流痞，性子暴虐，做事懒散，常常会对小王施加拳脚。刚嫁到村上时小王也是干干净净爱整洁的女子，虽然和大家的言语不通但

小王巷

总会以淡淡含羞的微笑回应。她总是跟在流痞后面做农活,四川女子做事和做饭都是要得的,流痞一开始对小王也是照顾有加,大家都觉得树苗经过嫁接转了基因,一个好生是非的流痞成了家也成了良民顺民。因为小王年纪小,家里怕她不知道怎么当母亲生养孩子,于是在邻村领养了一个小女孩,让小王学学带孩子。小王流露出善良的母性情结,对孩子照顾得细致入微,也许是自己言语不通和村里人来往少,她把满腔的热情与爱付诸给了孩子,时常用家乡口音对孩子喃语好似久逢故人般欣喜,但流痞没有这样的情怀,觉得孩子和自己没有血缘关系对待孩子不能那般亲近。

　　时光易把人情抛,过了几年小王接连生了两个女儿,流痞对小王的新鲜劲过去了,重男轻女的观念显现了出来。小王熟悉了家中里里外外的庄稼活和家务,流痞爱闲逛,家里唯一愿意担当的事就是放牛,把牛牵到草地上,自己在空闲的地方睡上一觉,牛吃饱了他也能回家吃饭了。小王先是做好早饭,喂好家里的孩子以及一些家畜,就要忙着去做地里的活,然后又赶回家做饭,好在领养的女儿大了些,多少能帮她分担一些照顾两个小妹妹的事,也会洗好菜淘好米。久而久之,大女儿竟然可以用四川话和她流利地交谈,虽不是亲生的却倾注了小王满满的母爱。流痞在家吃饭时,会让两个小女儿上桌,大女儿只能夹些菜到旁边去吃,小王总是陪着大女儿一起坐到外面的一条长凳上,两个人的四川口音成了融不进水的油渍,关系无比亲密。据说小王也逃走过,因为没有人和她交流也不知那次她拿起行囊坐上班车的意图,也许只是因为思家想回去看看,或者是想外出打工挣些钱,但也就那么一次,流痞发现小王自己坐上了班车，把小王硬生生地拽了下来，关进家里狠狠地暴打了一顿。大女儿为了维护母亲抱着流痞不让他上前挥拳，流痞重重地甩开了大女儿，把孩子一把推到门槛上，孩子撞得头破血流，小王本不反抗也不出声，可看见女儿受伤，咆哮了几声，狠狠地咬了流痞一口，眼睛如吼狮般怒瞪。流痞被小王的反抗镇住了，抱着女儿到村头的赤脚医生那里包扎。虽然没有什么大事只是破了皮，流了些血，孩子要静养几日，但小王对流痞的感情也如破镜，非但不能重圆，而且埋下了玻璃碴子随时容易扎伤人。

　　爱是铠甲也是软肋，看着大女儿为了保护自己受伤，小王既欣慰又心疼，往后只想好好地把孩子抚养长大，苦些累些都认了。隔了一年小王又怀上了孩子，这次终于生到了儿子。流痞十分欣喜，巴不得日夜抱着自己的大胖小子，除了孩子喝奶的时候，流痞都自己带着儿子，他接受了大女儿的教训，怕儿子和小王待久了，说一口四川话，养不亲。对待小王也多了一份疼惜，不再随意打骂了，有时候自己在外闲逛回来早也会做好饭，喂好两个女儿和儿子。虽然言语上不通，但小王每次回家看见儿子也总是无比开怀，孩子是她留在陌生城市不如意的家庭的全部动力。好的光景不到两年，有一回夏日的傍晚，小王和大女儿忙着收割，流痞看见儿子睡着了，就在村里闲逛，那天的夜如鬼魔般黑，没有星子没有光，空气也被闷热凝固住了，后山有野猪出没，咬了流痞家的牲畜，刚睡醒哭闹的小儿子惊动了野猪，野猪闻声闯进了房间，咬死了活生生的孩子，孩子的哭声渐弱渐息直至最后化为一摊血。流痞回到家后看到野猪在家中肆虐的场景，儿子没了，发了疯似的砍杀野猪，惊动了村里人，壮丁都跑过来帮忙，大家合力制伏了野猪。人类用弱肉强食来辩解杀戮和争夺，可当另一个生物把人亦作为可食动物时，我们却战栗惊恐。小王和大女儿赶到家时，满目血肉，尽管嫁到村里十几年来，小王封闭自己不愿和大家交流，与外界的联系都靠大女儿传输，大女儿听大家说完发生的事，告诉了小王，小王先是很惊愕，不愿意相信这一切，于是自己边说边比画，邻人也不懂她的言语，但是看表情和手势能推算到她要问的话，于是一个劲地对着她重重地点头。她在慌张中绝望了，冲进房间要找小儿子，可是只看到儿子床边地上一摊血。自己十月怀胎用血肉孕育的孩子啊，最后竟然化为一摊血就无影无踪了，小王的心也在无止境的滴血吧！

　　一场秋雨已是冬，一夜间流痞苍老了许多，一身的流气都殆尽了。很少在外闲逛了，整日在家饮酒度日，而小王也不外出做农活了，时时刻刻守在儿子的空床旁，不知饿也不知饱，当大人不再撑住风雨时，孩子被更快地催熟。大女儿带着两个妹妹做家里的农活和家务事，大女儿总是做好饭端到小王面前让她多少吃些。邻村人家看中了大女儿的能干，而自家儿子脑子不灵光，用高聘礼请媒人来说亲，流痞做主同意了这门亲事。后来选了个良辰吉日就把大女儿嫁出去，大女儿知道没有办法反驳父亲，于是就说一句："爹，谢谢你养大了我，我要嫁人了，不放心我娘，往后你待我娘好些，我就无怨无悔了。"流痞点点头，算是允诺了。大女儿出嫁那天，小王终于从儿子房间走出来，从家门口一直追到那个巷口，看见流着哈喇子的新郎把女儿牵进了迎亲的车子，冲了上去不让大女儿走，边哭边嚷着人们听不懂的话，可是大女儿能听懂又能如何呢。大女儿被接走了，两个小女儿只顾着吃刚得的喜糖，流瘘在家里点完彩礼喝着对方送来的新酒。小王不再守在儿子床边了，而是站在送女儿的那个巷口，从清晨到傍晚，她嘴里念念有词着，伸着手指，指着一个地方，身体摇摇晃晃。来来往往的人都会去看她一眼，但她没有任何反应，她有自己的目光所及，至于她指点着什么，怕是没有人能够寻到。流瘘对她的照应也仅限于一些剩菜剩饭，两个女儿也和外人一样觉得娘疯了，不去亲近。每回大女儿回娘家了，才给她洗漱一次，她能在屋子里和大女儿久待一会儿。当大女儿回去后，她又恢复了原样，站在巷口，注视着，指点着，摇晃着。

十几年如一段简短的站像，流瘘过世了。两个亲生女儿虽然都嫁到本村，可是相互扯皮着，谁也不愿来照顾小王的衣食，更加不愿意把她领到家中。于是一起把难题交到大姐的手里，大女儿家里有婆婆要照料，自己的丈夫帮不上忙，孩子又还小，一摊子事在身上，可丝毫没有要推脱照顾娘的责任，于是作为大姐和两个妹妹分工，三个人每人轮流照顾一个月，大女儿住得远，轮到自己照顾的时候会把娘领到自己家，公婆虽然不乐意，但看在媳妇孝顺的份上会忍下去，小王去大女儿家的日子巷口就少了"路标"，等小王从大女儿家回来头几天，我们看到的"路标"焕然一新，目光更加柔和，手指的方向也低了许多。两个小女儿不把小王领到家里照顾，只是送每日三餐，不让小王挨饿。这两个月的小王又凌乱起来。

后来小王生病了，大女儿觉得这样轮流照顾太折腾母亲了，于是和公婆商量自己回娘家陪母亲一段日子，大女儿在的日子那个巷口的"路标"又被收了起来。她每天把小王收拾得干干净净，两个人有言语的沟通，一起吃饭，小王又好像回到了刚嫁到村里时的样子，善良柔和。老人们常说，人生最后的一段时光是会回光返照的，无论病得多重都会有一段反照期，让自己重回最好的状态，然后撑着最后一口气，再重重地"放下"。

巷口的"路标"，被永久的收了起来。可是十几年的站姿，为那个巷口添上了永久的名字，村里人都知道那个巷口叫小王巷。

小王，四川人，年龄不详，人生经历了几个大起伏，最终成了一个固定"路标"。

丁招秀
——个人的双重身份

"小白菜啊，地里黄啊，生个弟弟比我强啊……"小孙子嘴里咿呀着童谣，她听得出神，浅浅的眉头深锁，那一双秀目瀚着阑干。一个养女把姓名交给了他人的寄托；把血肉骨骼敲碎给日复一日的农活；把这一生悲欢离合都给了养父母定夺。

终究舍不得那么饱受苦难的日子，舍不下曾有那样坚贞那样勇敢的自己。于是想走的人没有走，想留的人也没能留。招秀不明白为何独独是自己，成了她们人生选择的一举棋。

她问生娘："娘啊娘，我是你头胎长女，肚里都安胎十月，为何生下两个月就被送人了？"

她问养娘："娘啊，你领我一场，可走到中途就把我撇下，还有一个破败不堪的家，让我怎么去扛？"

招秀小小的眼珠时常浸着泪水，那一枚小小的唇固执得如秋日

丁招秀家养的鸡

的飞絮，身世飘零还要去茫茫地寻。养女问不得身世，问就是两家都咽在肚里卡在喉咙的核，结的果是一世的酸涩。招秀的生娘，有一个狠心的婆婆，嫌弃招秀是个女孩，一整个月子里只给招秀的生娘吃了八餐饭，生娘寒了心，想撇下这个家去寻自己的营生，两个月大的招秀被送了出去。"儿啊儿，娘是怕给不了你一个完整的家，你奶奶又重男轻女，才把自己的头胎长女割肉似的送走了啊。"招秀的生娘无奈地向她解释道。"可是娘啊，送走了我，你也没有走啊，你要走了我怪不着你，可现在你一手抱着弟弟，一手抱着妹妹，偏偏没有了我的容膝之地，我不怪你，你让我去怪谁呢？真的有命么？"招秀自打懂事后，去了生娘家就要苦苦地逼问。把孩子送人就像是撒菜籽，洒在肥沃的土里是福气，落到贫瘠的沟壑是命运。招秀摇一摇养娘的尸体，任由她怎么哭喊着，娘都如山似的，深深地缄默无所应答。她只记得村里人说过，养娘之前有过一个自己的孩子，只是孩子生下来体弱多病，没有养活下来，养娘为此要了半条命，家里扫心她日夜想着走了的孩子，积郁成疾伤了身体，所以领养了她，让养娘从失去孩子的伤痛中走出来，生活有个新的寄托。给她取名招秀，也是为了能招揽个弟弟妹妹，家里的光景秀美起来。养娘悉心照料两个月大的招秀，自己的身体也渐渐好转了起来，招秀三岁时，养娘生下了儿子——发岁，接着又添了个妹妹。

　　也许是家里苦的原因，白米饭和情感都不能错付于人，既然家里生了个儿子，这个领养的女儿，干脆就留在家里做个一世的长工。发岁生下来后，这个打算就在养父母的心里落了根，招秀并没有怎么抗拒，一个养女，"吾少也贱，故多能鄙事"，从被送人的那一刻起就等着被安排。招秀能走路时就知道要看护着弟弟；再大一些，养父母要去忙农田的活，她便在鸡啼之时，早早地起床，去塘边浣干净一家人的衣物，灶前煮好早饭，摘好一天所食的菜，忙完了一天的衣食所需；闲下来时还要把家里的花生、玉米、谷物挑选出来做来年下地的种子，晴天时要去菜地里施肥、洒水，顺带捡一些菜叶子回来喂鸡喂鸭。从早上睁开眼的那刻起，她的一天便被安排得满满当当。逝水要东流，凿了个坝，也拦不住。养娘身子弱，活不长，招秀十岁左右，养母生了一场病，没有治好就长辞于人世了。"娘啊，把我领来，是要让我来留住你的，我还没有长大，你就走了，往后我可怎么办啊。"招秀哭问着死去的养娘，没有人作答，她哭出一身孤独无依的热泪，仿佛苦海破舟，载沉载浮，只剩下汲汲无闲的日子给她过。养娘走了，招秀的手脚要更加麻利，肩膀也要更加宽广，家里的上上下下、里里外外都要她去操持，养父只管庄稼地里的力气活，她要五湖四海地抓，天不落幕她就没有地停。

　　小妹十七八岁的时候许配了人家，发岁十九岁还没有想着成家。也是很难转变角色的定位，一个十几年如母的长姐要切换成妻子的角色，养女打记事起就知道，日子由不得自己，她也便不思量，是姐姐，是妻子，她这一生都要埋首在这个家里。发岁有思量可也没有办法，这个女子二十二岁了，打小就是来家里做童养媳，厚德贤淑，勤恳持家实在没得挑，只是比自己年长几岁，也没有恋人之间的情爱之感，可是家里这般光景，哪里又会有女子愿意嫁过来呢？

　　小妹嫁出去不久，发岁进了招秀的房，两个人就这样算是成亲了。养父巴望着招秀能给家里多添几个男丁，自他一辈起，家中几代人都是只生了一个儿子，而族里其他人家都是好几兄弟，同样困苦的年代，男丁的旺盛成了家庭财富的象征。起先招秀生了一个儿子三个女儿，生孩子是女人在鬼门关打转，随着年龄的增长，招秀的身体也大不如前了。年近四十岁时，还是应养父的要求生了一个小儿子。封建的一辈人是不会疼爱女儿的，尤其是别人家的女儿，无论是从前的童养媳还是今天的儿媳。养父生前护了儿子一辈子，自己能做的都不会让发岁沾手，发岁打小就知道怎么去"派兵遣将"，起初是对父母和招秀，再加了三个女儿，后来他在村里做了村干部。发岁也继承了父亲对儿子的安排，大儿子自小就去上了学堂，长大后求家里的远亲安排了一个市里的工作，对大儿子唯一的要求是要生两个儿子。儿媳妇哭诉着两个人都要工作，生的孩子没有人带，发岁拍着板："你只管生下儿子，招秀会带。"带大了丈夫，喂养大了儿子，又要带两个孙子，招秀这一辈子也没有自己空闲的日子。

　　小儿子也渐渐到了成家的年纪，农村的彩礼高，又兴要房子、要车子，压力都给了父母。发岁还是扛下了这个担子，心里想着为大儿子安排好了家室，小儿子也要安排好，这才是一视同仁，他和招秀年过半百，霜发的年纪只能靠着多种几亩地和平时节俭开销用度，为小儿子存老婆本。几个女儿和亲戚逢年过节送的烟酒，发岁会指派招秀去小卖部兑换便宜的烟酒，再盈余些钱可以添些油米，算盘发岁都会打好，招秀只管去做。

　　汲度虔诚式的节俭，做的事多，又不吃荤，营养跟不上，人真的如耗损的机器，要抛锚了。招秀感觉头脑发晕，浑身使不上力气，发岁打电话给大儿子，她被接去了医院。医生诊断招秀是贫血，又低血糖，平日里摄入的营养没有跟上，常年的血气供养不足，导致了现在的症状。子女在医院轮流照顾着，几个人商量，不能让娘一直吃素下去了，于是试着炖了鸡汤，把鸡肉挑了出来，只留下一些菌菇在汤里，盛给招秀喝，招秀不知是鸡汤，以为只是简单的菌菇汤，咕噜咕噜地喝了下去，并没有察觉也没有犯恶心的异样。住院的那段日子，子女都用这样的方式照顾招秀饮食，菜里放些细小的肉末、粥里放些搅碎的虾肉、汤炖好后把肉挑出来，在医院半个月休养的日子，招秀精神和面色都润泽了起来。几个孩子以为招秀这些年假意吃肉会犯恶心是因为节俭成性，怕说破了也改不了她的习惯。回到家就叮嘱发岁，往后做饭还是要给母亲摄入肉食，这是治病最好的药引子了。发岁听子女的话照做着，招秀很长一段时间都不会头晕目眩天旋地转了。

　　招秀姓丁，不姓李，是个养女，是个童养媳。

祥和的村庄

秋收的稻穗

五兄妹

——黄昏的咽喉

发得是家中老大，父亲去世得早，和眼睛不好的母亲一并扛起了家。财元排行老二，十八岁后在村里一家纯女户做了倒插门。老三秋元和老四凤娥都是打小头上长了疮没有头发，那个年代虽常见但也很不美观，所以两个人的对象是互换来的。老五小元通过读书走出了家庭的半径，没有和其他兄弟一样务农。

发　得

他坐在老旧手工的摇椅上，细长的食指和中指弹着烟灰，暗黄的指甲盖透露出多年的烟龄，眼神深邃如浓厚烟气飘扬，他不知自己已是胃癌晚期，还在为邻里一个喉癌逝者感到惋惜，"那个细涂还没有看到两代人哦"。

发得并不是天生的老大。发得父亲的发妻因为难产，孩子和大人一起走了。发得的母亲曾嫁过一户人家生了一个儿子，但和丈夫不合，带着儿子改嫁给发得的父亲。发得的父亲勤劳肯干，性情温和，对待村人宽厚，对妻子带来的孩子也是视如己出。发得小的时候就一直跟着哥哥后面，有父亲和兄长撑着的家，发得也是飞扬跋扈的欢乐少年。后来，发得的哥哥长到十几岁，亲生父亲要他回家认祖归宗，他便离开了母亲，回到了亲生父亲家。两年后，发得的父亲突发疾病过世了，发得一下子成了家里的老大。在农村，老大意味着责任和担当，更多的时候是一种被视为理所当然的付出和有目共睹的牺牲。父亲走的时候家里的老小才两岁，母亲本就不好的眼睛被泪渍浸伤了。十五岁的发得要为四个弟妹和半失明的母亲燃一盏灯火，让这个家在黑暗中撑下去。那时，发得就和村里中年男人一起跑船了。跑船是辛苦活，人和舟在水上漂泊，风吹日晒雨打归舟。有时候路程远，一出去就是好几天，船靠不上岸，人躺在船上不知天在水，满船的清梦压得低低的，几个中年男人会坐在船头点着一支烟。发得就是从那个时候学会抽烟的，十五岁的他要肩负的东西一点也不比中年男人轻薄。不跑船的日子就要在生产队干活，弟弟们都要念书，凤娥在家里照顾褴褓中的小元，母亲视力不好在队里记得工分也不多，家里主要的劳动力还是发得。不养儿不知父母恩，不当家不知原来有父亲和兄长的日子风雨都向他们倾斜了。

老一辈传承的是成全与牺牲的执念。前半生为了弟弟妹妹，后半生成全了儿女子孙。发得二十八岁在下吴家给人做工，被一个纯女户看上了，觉得他是大村里出来的人，又长得人高大，做事整齐平整，家里又穷，留在自己家做长工非常不错。发得本以为自己要打一辈子光棍了，突然遇到这样一桩好事，一直感谢上天的眷顾。发得和那家的女儿成了亲，留在下吴家过日子。可是母亲的视力越来越不好了，老二又去了人家家里，老三和老四也到了婚嫁的年纪，老五还在念书，家里一摊子事，没有这个老大真的不行。于是发得把自己的顾虑告诉了妻子，妻子很明事理，觉得嫁鸡随鸡、嫁狗随狗，发得要回李家过日子自己也跟着去，要是爹不同意就晚上一起溜回去。不久，发得带着妻子偷偷溜回了李家。老丈人发现后带人过来闹，可是正如他当初的一番考量，认为李家是大村落，结上亲有好的帮扶，可没有想一想要是来闹事也是要矮一头的。武力上占不了上风，发得的妻子来劝父亲，说自己怀孕了，今后要跟着发得过日子，他要回家便跟着他回李家。

　　没有依靠，只好强悍。发得的性格有带刀的成分，要强又坚定分明，有着自己的秩序。他疼爱家人甚于自己，从自己当家开始就没有先上桌吃过饭——原先让几个弟妹和母亲先吃，成家后让三个儿女和妻子先吃，老了让几个孙子孙女先吃。吃饭时他会坐在门槛旁，点着一根烟，向外面吐着烟气，偶尔转过头看看饭桌上吃饭的人，露出祥和的微笑。那一根烟总是燃得很慢很慢，慢到三代人都吃过了饭，才被熄灭。这时，他才开始走上桌前，把几个人吃剩下的饭扒拉到一个碗里，配一些汤羹就下了饭。在三个弟弟和一个妹妹中，小弟可以说是他一手拉扯长大的，他算是早早担起了长兄如父的责任，家里的吃穿用度先由着小弟，再是妹妹凤娥，最后是大弟和二弟，而自己常常不在考虑的范围内。发得从不必向旁人解释分配方式，只是习惯先把自己置之度外，然后再按照其他人在自己心中的分量来取先后。所以，村里的人常常说能被发得喜欢是好幸运的事，他像侠客一样有士为知己者死的沦肌浃髓精神。因为对小弟的偏爱，那样的寒门还是把小弟送入了学士路，其他弟弟妹妹都在学习之路上中止，给小弟让开了路。对妻子他不是体贴的丈夫，言语不合之时也会打骂；但当弟媳和外人不尊重妻子时，他立马会冲上前，撇开男人不对女人动手的大道理，他用自己坚硬有力的拳头让村里人尝到了"他发得的妻子只有他能动，旁人半点不能欺踩"的滋味。家里两个儿媳妇，他不一视同仁：他看老大儿媳妇麻利能干，老二儿媳妇唯唯诺诺，常常一碗水不端平，要向老二儿媳妇倾斜，忙完了自己家的农活就要去老二家田地里帮忙。当老大儿媳妇埋怨不公平时，他也不去讲道理，直直白白地说："手脚长在我身上，愿帮谁就帮谁，给你们分了家，我又没有义务去给谁做。"孙子一辈有七个孩子，他也有自己心中的偏爱排序：先看中自家的孙子孙女，其次是两个外孙。三个孙子里最喜欢大儿子家的长孙，孙女里最疼老二家的大女儿。他毫不掩饰自己的喜恶，大人和孩子都感受得真真切切。有时大儿媳教育了大孙子，他要扯着脖子和大媳妇叫嚷半天，也不管人家是亲娘教育自己儿子乃天经地义的道理，惹到了他的心头肉，他就是要出来"咬"人。有一回大孙子在学校里和一个女同学发生磕碰，大孙子哭着回家，他问了一句谁惹你了，孙子说是某某女同学，他二话不说就拎着大孙子跑到学校，把欺负大孙子的女同学狠狠地教训了一顿。这不仅吓倒了那个女同学，全班的孩子都忌惮了。老师过来讲道理，"孩子之间的事情大人不该这样粗暴的解决"，他也不理会，道理全被心里的偏爱蒙蔽了。有时村里谁家有难处了，他也是爱帮就帮，不喜欢的人与事从来不勉强自己去迁于邻里关系、人际往来做一些客套的粉饰。生活总会把世人打磨得圆滑世故，我们越来越习惯多副面孔口不对心。若能遇到一些明面上的人，即使不幸运没有成为他们偏爱的对象，仍然在心里觉得棱角分明是生活的一种可爱。

　　时时勤拂拭，代代无尘埃。发得爱整洁，家里的物品总是归置得整整齐齐，原来人们用纸币消费，他总是把钱对折得大小齐一放入口袋。雨天没有农活的日子，他就在家里修修补补，一辆二手的凤凰牌单车总是被他擦拭得锃亮。每次脾气上来或有烦心事时他就会用家里的干草手工捆一把扫帚，他做的扫帚在村里都有名气，里一圈外一圈长短修得平整。那要是他喜欢的哪家人要捆扫把，他会主动给那家送去；若是看不上的，人家来向他讨，他也是要让人家碰一鼻子灰。除了做扫帚有名，扫地也是出了名的一把好手，乡下的跺灰尘重，扫地前他会撒上一层水，粘住泥土，然后在水挥发前以四两拨千斤的手法打扫干净。屋前的长廊他扫了一辈子，后来那把扫帚交到了他的大儿子和大孙子的手里，扫地的步骤和姿势亦如他一样。苦闷的日子文化人能读书写字，发得没有上过学，只是源于在一个先生家里走家，听他拉二胡，自己就买了一把二手的回来自学，竟也能拉出一些曲调，那首《东方红》的曲调，他全然不识谱，却可以完整地拉完，别的曲子也能零零散散拉几句。被查出胃癌晚期后，家里人向他隐瞒，希望发得能在快乐中走完最后一程，所有的父慈子孝都有生命的回射，子女轮流来照应，儿孙绕膝。大儿子想带发得去一次自驾游，问他最想去的地方，他说："没什么想去的地方，只想去见见毛主席。"于是大儿子和大儿媳请朋友开着房车一路向北，到了天安门，见到了毛主席。发得一个人哼着那首《东方红》，仿佛回到了年轻时，自己有着健壮的体魄，在毛主席的号召下铆足劲头搞大生产。从北京回去后，发得就很难进食了，癌细胞扩散，卡住了命运的喉咙。

　　那个冬日的午后，阳光明媚而澄澈，薄薄的云层点缀着蓝天，阳光洒在树上成了一树的句梦。而发得在暖气封着一屋子药水与泪水的房间里，已经熬了大半月了，未进米食，靠着点滴和一家人的强力挽留。明知道他没了精力但还是想让他出来，晒一晒太阳，心里暗想着这破冰解封万里的阳光啊，能不能再给他输一点能量，让他好起来，熬过冬天。孙女蹲在他耳边叫喊着他，"出来晒一晒太阳吧，阳光可好了"。发得没有回绝，小儿子把他搬了出来，病魔吸吮了他的血色，蚕食了他的肉体。他像一把枯柴被被子捆在摇椅上，不能动弹，风吹着树枝沙沙的响声都令人害怕。孙女搬了个小凳子坐在他的摇椅旁，好像时光可以倒流到他身强体壮时坐在她的摇摇车旁，为她摇着每一个落日黄昏，她定不会急着冲出一件件新衣，走出你的身旁，他还是健康生命的他，孙女仍是依偎他的小孩。时光就像潮水，不定时就回潮。静静地静静地守着这样一个宁静而又迟疑的午后，孙女搬出古筝奏了一首《东方红》，他竟怔怔地望着，露出来久违的微笑，孙女问他"喜欢么？"他点点头，"会唱吗？"他开始抽动着嘴角，发出微弱的气息声。她开始相信可能会有奇迹了，一首接着一首给他弹，像儿时他给她拉着二胡，桂花树下，香传弦下。家人不断地给他问话，让他发出生的讯息。阳光一点点的西沉，不甘心，不甘心，一点点地挪着摇椅，让他在有温暖的地方。给他喂水，给他按摩。直到夕阳收了最后一点余温，伏地大懒猫回到了窝里。

新年元旦的前一天发得走了，走时他像十五岁时送父亲一样号啕大哭，他说，我还没有见到第四代人啊。

财　元

陇西堂中《李氏宗谱》记载着，明朝时，年少的李胜炯跟随父母躲避战乱，迁徙南下，途中父亲不幸去世，他和母亲相依为命流落到青岚湖边。李胜炯靠着一根扁担，肩挑背扛，走街串巷做起了小生意，赡养老母度日。当地的胡姓大户人家看他勤劳善良，就招他做了上门女婿，按照传统习俗，入赘新郎要归宗改姓，成为胡氏后人。多年以后，贤惠仁义的妻子见丈夫念念不忘李氏先祖，终于说服了娘家长辈，改回李姓的丈夫带着儿女来到青岚湖边开荒建房，繁衍生息，扬眉吐气，村庄因此得名西湖李家。

祖上是一个入赘的成功翻转，可现实生活中是挣扎与沦陷，想要开创必要历经一番涅槃重生。父亲过世得早，家业单薄，姊妹众多，兄长二十多岁还成不了家，邻家生了三个女儿，老大和财元的年纪相仿，就托了村里的媒人来说亲，让十八岁的财元入赘去做倒插门。母亲的眼睛哭多了成了半盲，医生叮嘱万万不能再掉眼泪了，可听到媒人来说这事，还是委屈得掉泪，自己养到十八岁的儿子啊！要去人家家里做儿子了，可是千万个不愿意也得为孩子将来打算，不入赘，自家的土阶茅屋哪个姑娘愿意来呢？含着泪和财元商量问问他自己的意愿，财元听着一直沉默着，如寂静的夜一样缄默。娘懂了，财元的意思，这样的事不能表态说好，沉默不反对便是同意了。娘去回了媒人，允诺了这门亲事。入赘之日，由女家备四人轿，迎亲队伍接新郎，俗称"抬郎头"。两家虽是对门，只有几步之遥，可女方家为了让村里人都知道这门亲事是财元入赘的，就坚持要操办得仪式感满满。抬着轿子围着村子走了三圈，抬轿子的人累得汗流浃背，于是讨了许多彩头。新娘秀英在家里等着，接到新郎扶着下轿，进了屋敬父母的茶，一屋子里里外外站着来贺喜的人，却没有一个是财元家那边来的。财元的丈母娘是个能干的掌家人，丈人厚道老实，凡事都是丈母娘说了算，妻子秀英性格像母亲，长了一张倒挂的八字脸，瞳孔外放的眼睛杀伤力十足。财元入赘过去后改了一身行头，原本面黄肌瘦的脸也红润了起来，穿着一身中山装，除了望着对门的家会低着头，平常在外人面前都仰头挺胸。丈母娘大家子里有当官的，家里的农活不多，就安排财元在村队里做小干部。财元读过一些书，这边又有人提拔，自然很上道，仕途顺利，家里秀英头胎就生了儿子，丈母娘很满意。只是入赘结的亲，若家里强势是要断了一方血缘的，丈母娘像监控一样的天眼，盯着财元那边的兄弟不要来沾光，又监控着财元不能搬东西给原先的家。家里实在困难的时候，兄弟也来找财元开过口，只不过财元也做不了主，从来不敢自己答应什么，有时候丈母娘不在家，丈人会提醒财元，送些米粮去给瞎娘吧，这时财元才敢跨进自己破败不堪的家。

　　好不容易独善其身的人，往往没有那么大的胸襟与气魄兼济他人。财元从小队干部一路做到了村支书，事业的成功让他快忘记自己出于一个风雨飘摇的破屋。两男三女，家庭富足，强势的丈母娘把家中打理得井井有条，对他的事业上也多有助益。尽管知道母亲这几年眼睛从半盲渐渐全瞎了，他还是很少跨入家门，他的心和母亲的眼睛一样被拉上来帘子，因为丈母娘的天眼，时时运转着，他的命运也在越来越好地翻转。兄弟和瞎娘没有怪过他，有时村里人嚼起舌根，被大哥发得听到了，就要请人吃拳头，自己的兄弟再不好也不让别人诟病半分。他真如嫁出去的女儿一般，出了家门只埋头过好自己的日子。为了不落人口实，财元当村支书时，没有优先家中半分好处，有时为了彰显廉政和大义要去牺牲家里人，好的田地分给别人，自家的几个兄弟总是最后分得他人挑剩下的，几个嫂子弟媳有埋怨会在对门冷言冷语地说几句，瞎娘就会出来维护，旁人都觉得财元入赘后一跃龙门了，可只有自家的娘知道，倒插门屋檐下要低着头，人后有人戳脊梁骨的凄凉。

　　夜夜夜半啼，是慈乌失去母亲，一声声的哀叫。财元的瞎娘过世了，简陋的砖瓦房里子孙满堂，披麻戴孝的人有二三十个。财元要回对门奔丧，丈母娘提了要求，说已经过继出来了，就不能和别的儿子一样去扶灵，墓碑也不能署名。财元心如滴血可也不敢反抗，加上妻子秀英软硬兼施地扇着枕边风，那几日财元没有出门，一出门就看见对面张罗着母亲的白事，他不敢去，去了不能尽儿子最后的一点孝道，他无颜。舐犊情难报，未尽反哺心。直到母亲入棺的最后一日，秀英忍不住劝他，去看一眼吧。财元摇摇头，摆摆手，"出去看了一眼，送一程，按什么身份呢"。昔有吴起者，母殁丧不临。娘走都没有送这件事在村里传开了，兄弟几个不能理解，外人更加是嗤之以鼻，假咳嗽和清嗓子成了财元打断人前议论纷纷最好的回音。

三女儿十七八岁的时候，和村里一个家境贫寒的男子恋爱，女儿下定决心非那个男子不嫁，丈母娘都架不住，财元拿出权威，不让女儿下嫁，要让她和几个姐姐一样嫁一个城里人，通过婚姻改变命运，成为城里人，吃上商品粮。男子家里扛不住财元给的压力，主动和老三断了，后来老三一气之下跑到江苏打工，找了一个当地的人成了家，再也没有回过娘家。丈母娘过世后，财元调到了县里工作，一家人都搬到了县里，丈母娘不在后家里的事都是秀英拍板。财元的假咳嗽在家里用的次数也频繁了，财元一家是最早在县里落户的人家，两个儿子也如愿娶到了城里的媳妇，只不过改革开放以来，经济变化太大了，财元一家平静如水的日子无多大波动，乡下几兄弟或通过读书或下海做生意都有了如火如荼的翻涌，几个侄子都把日子翻转身过好了。秀英从原来担心财元乡下亲戚来沾光到主动想去走动，只是财元还是保持自己的姿态，一直不冷不热，要埋头过好自己的日子。

兄长发得走的时候，侄子打电话过来，说发得走了，问他要不要来送。这一次他没有问秀英，给在江苏的女儿打了电话，说自己就这么一个长辈了，这一次全家人都要去送，远在江苏也要回来，一个也不能少。发得出殡那天财元带着一家子人都披麻戴孝地送了一程。发得下葬时，财元忍不住一直咳嗽，这一次不是假咳了。去医院检查过，原来财元肺部肿大，有严重的肺结核。伴随着哭灵的啜泣声，财元咳得声音很响很长，好似要咳出肝肠，掏净一肚的浊气。

老三秋元说，肺上的病要么是家族遗传，要么是长期抽烟，可咱家没有病史，财元又不抽烟，得了这个病，怕是常年气没有通，话没有出，噎出来的。

秋　元

"哗啦啦啦啦，哗啦啦啦啦，天光没在家"，童谣在稻田里翻腾，阵阵热浪袭来，稻浪在田野里集体打着节拍。夏天是农人和星子追赶的季节，黑夜的网，让星子还有漏网之鱼时，就有人在秧田里劳作了。

这世间没有什么事比种地庄稼更能等值量化的，一分耕耘一分收获，你若疏懒待它，不勤加翻地、播种、除草、施肥、灌溉，自然收获的是某个关节卡壳的残次品。但若小心翼翼赋予时间和汗水，得到的就是仓廪的殷实。秋元打小就懂得了这个道理，于是勤勉于土地，漠视不能对等的人际往来的经营。家里五个孩子，秋元是夹在中间的那个，十几岁的老大和老二更加亲近，七八岁的老四更多照顾三四岁的老五，自己像是个夹生的人，哪哪都融不进去，父亲过世了，母亲为家操持着顾不上孩子的独影心事。九岁的秋元把土地当成了最好的玩伴，伴随着年复一年的稻秆收割，秋元有着不同

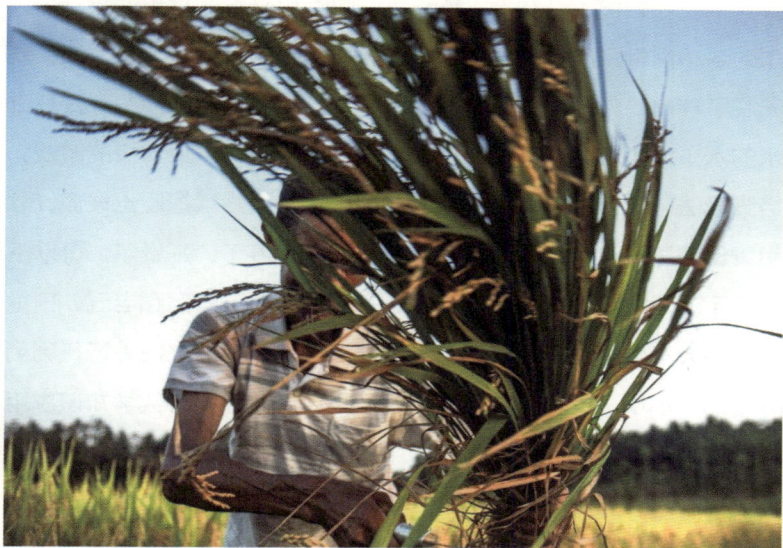

五兄妹中的秋元

于同龄人的惊人成长。

　　一个豆豉可以下一碗饭。见证过秧苗结成稻谷，稻谷碾磨成米，米经过一番淘洗，加热成手捧中的米饭时，便不再觉得白米饭是乏味寡淡的粮食，而是一粒粒黄金和珍珠般的贵重之物。当兄弟姊妹盛好饭，在饭桌上夹着大半碗的菜时，秋元象征性地夹了一粒豆豉，就着下了一碗饭。没有人比秋元更能咀嚼出米饭的甘甜滋味，当一年的冬季消融，河水在潺潺中解封，道路旁的樟树泼上了浓绿，秋元脱了鞋袜，赤脚踩到田里，要用脚打量硬土成泥的情况，打开排水的水车，让水流渗进土地里，秋元找到了春天里最欢愉的游戏，当脚无法感知土地的软化程度时，他用手去摸索揉捏硬土成泥，才手舞足蹈满心欢喜地跑回家，告诉邻里，开春了，开春了，可以下秧苗了。老大和老二要经营外事，老四管着家务和照顾老五，田地里的活大多数是秋元和母亲做，开春插秧，漠漠的水田被行行列列分割的一小块一小块。秋元只上过小学，但已经能将数学知识应用到种田上来了，如何在整齐划一中把秧苗的密度合理化，他的心里都盘算着，四肢的勤恳加上脑力的开通，不出几年秋元就是一把插秧的好手，从插秧到收割稻谷，再碾磨成米，甚至放多少水，煮成米饭都凝结着人们劳动的智慧。秧苗插好后，秋元还是要时不时到田地里巡视一番，手要捏一捏泥土的软硬程度，眼睛要看一看秧苗的长势及颜色，耳朵还要听一听风吹稻浪的欢悦声。春雨若是顾不上来播散，他便要引河水去人工灌溉，开闸放水邻居家的田地也能得到惠及，田与田交集的乡人都是水乳交融的密切关联者，谁都有一颗真心为对方好，好似同时临盆的孩子，谁家在喂母乳时，自家孩子饱了，多出的乳水也收不回去，就抱着邻家的孩子来喝上一口。

日落黄昏之下，人要归家，稻草人成了农田的守护神。回春后，万物生长，鸟儿也雀跃鼓舞，在人家的屋梁撺掇，老树枝上筑巢，天空飞寻之际要去觅一方好田地，找到目标后缓缓降落，趁着人不注意就去窃取些农人的劳动果实，一群国际法也治不了的"盗窃者"，只要吃饱了肚子，又要大摇大摆地在天空穿梭。人不能二十四小时在田地里守着，白天在时，鸟儿不敢来造次，夕阳垂暮，家中的炊烟袅袅升起，是一天要结束农作的信号，人要归家吃饭休息，鸟儿也来田里吃饭，物质贫乏的年代，稻谷的产量也不高，人没有闲情雅致看鸟儿觅食，种田是向天地自然讨饭吃的活。大半年的时光从开春播种到暮夏收割，倾注了心血的人不会在任何一个环节马虎。为了防止鸟儿前来盗谷，人们会在田地里扎上稻草人，秋元更加用心，不满足仅用稻秆扎成人，秋元还要把有自己气息的衣服穿在稻草人身上，好似自己日夜守候着这边土地。年少的秋元那一沉沉孩童的心思确实都放在土地上了，土地是可以依仗的亲人，稻谷是陪伴一季季成长的玩伴，对那片土地的热忱才让他觉得生活充满了希望。

生活没有白走的路，每一步都在夯实未来。母亲支撑着的家随着几兄弟各自婆亲，分割成了各自的小家。秋元靠着自己年少时对土地辛勤的耕耘，掌握其要领，和妻子水兰成家后，把土地当成共同的孩子供养，稻谷出了什么问题，秋元就要去街上求药，再背上一桶药水一寸寸地播撒在土地上，水兰就在田埂上一节节地锄草。同样的一亩地，他们收割的稻谷质量和数量要胜人一筹。一步一挥洒汗水走来，秋元的家风自然凝聚了勤俭节约，珍惜粮食。他们的大女儿和大儿子自小就会跟着去农田，分得清五谷，辨得出六畜。尽管日子越过越好了，桌上的菜肴更加丰盛，秋元还是举着托碗捧着雪白晶莹的白米饭，菜是配角，一点点缀。家里条件好些，就把最小的儿子送去镇上读书，小儿子远离了土地，成了无根的飘浮之人。在学校里和别的孩子学坏了，把家里的粮票拿去换了游戏机票，书没有念多久嚷嚷着要去大城市打工。秋元只会种土地，不会说教，心里千万个不愿意也不知如何开口，气得自己大晚上跑到田地里，像牛一样闷着气把地翻了个遍。小儿子说是去杭州学人做电商，可没沉住气网店开不下去了，想赚轻快钱——白天搞福利彩票，晚上去偷人电动车电瓶，在杭州被警察抓住，关押了半年，遣送回了家。秋元一肚子话，不知道怎么去教育儿子，就拉着儿子去看牛干活，他的意思是要踏实勤恳。大女儿从小受秋元夫妇的熏陶，知道要想捧着白米饭就要自己舍得掉晶晶的汗珠。传统的小农已经很难致富了，人的追求除了基本的衣食，还有了更高的向往。大女儿通过朋友了解田地要种经济作物才能成为聚宝盆，于是自己一家带着大弟弟一家到云南承包了大片的土地，要去种玫瑰花。花市一直效益好，只是种花不比种稻谷轻松，更加需要小心翼翼。秋元知道了这个生计，发自内心地肯定孩子，拿出自己的养老积蓄要支持孩子扩大土地，教育孩子的道理他说不出什么，可是土地上种植的经验，他说起来口若悬河是个行家，虽然没有种过花，但自信土地上的活都是相通的，如何翻土、播种、施肥、除虫、收割他都亲自指导了一番。种花的效益出来了，大女儿和大儿子带着小女儿和小儿子都到云南种植花卉，几个孩子让秋元和水兰也搬过来一起生活。秋元不愿意，他说，你有你们的地要种，我也有我自己的地要种，种花是赚钱，可都来种花了谁去种粮食，老百姓吃啥。他坚守着他的一方农田村舍，像个稻草人一样要深深地扎下去。

　　种地的人，手上有刀痕，脚上有泥印。一只脚因为长年泡在田地里，伤口感染了细菌没有及时清理，溃烂坏死了，常常痛得下不了地，秋元才让村里的大侄子带着到省城的医院去看看。医生说已经恶化坏死了，只能切除一只脚掌，要是来得再晚些，感染到了大腿就要截肢，而且以后都不能下地了。秋元舍不得，哭了一夜，大侄子以为叔叔是怕切脚掌，安慰说，现在技术可好了，打了麻药不会痛，以后另一只脚用力，行动还是可以的。水兰知道，割了脚秋元是难过，可真正的泪点是以后都不能下地了。种了一辈子地的人，突然被告知要永久地告别土地，那一季季忙中的热闹充实要乍然地清静冷却下来，他该如何面对。田地不能种了，家里的牛还是留着，秋元每天就放放牛，把对田地的心思放在牛身上，竟在暮年开发了一项新的技能，秋元做了牛鞭子。人家买卖牛时，就请他去评估，他看牛的外表知道牛的内脏及身体状况，也能目测牛的重量，能劳作的程度，让买卖人之间得到公平透明的信息。因为看得准，镇上的人都会来村里请他，他也很乐意，像是个媒人要为土地谋个好伙计。每次牛交易出去了，他都要对着牛嘀咕几句，让牛要好好地耕地。

　　农事在冬季要告一段落，秋元在家门口的山坡上眺望一望无际的田地，那张布满横纹的黝黑的脸以及含情专注的眼神恰似一块耕耘多年的黑土地，眼里是蓄满水随时可以灌溉的河流。

　　秋元的饭量减少了，夹了一碗水兰种的菜，只承一小勺米饭盖在菜上，五谷爱惜，不下地的人，不敢承受一碗满满的甘甜。

凤 娥

　　与时代拔河之时，把她从缺陷的自卑、互换的婚姻、极度节俭的观念里拉了出来，只可惜没有一台时光机，她背负着她的时代，穿梭于我们的时代负重前行。

　　她在四季里裹着灰白的头巾，用一辈子去遮住那块羞。凤娥小的时候头上生疮，家里孩子多顾不上精心照料，老三秋元也是一样的状况，头上生了疮会留下疤，再严重些就是以后长不出头发。那是一个把对孩子的关注点放在性别上的年代，一些疤痕不殃及性命，并不会得到重视。更何况她是女孩，前面的秋元和她一样的状况也没有上心去求医治疗，后来变成了骇头（家乡话称头上生疮后一直不长头发的人）。女子的成长心路，伴随着对镜贴花黄，可凤娥每日早晚站在镜子面前，头上依旧是光溜溜的，白色的疤痕布满脑袋，头皮与疤痕的缝隙处依稀长出几根零星的头发，像冬季的原野一眼望去的白茫平坦，偶有几株野草生长竟如外来入侵之物，全秃才有全秃的辽阔。村里其他的骇头都会选择添一把野火，让原野烧个精光，做个彻彻底底的光头，无发也无烦恼。可凤娥还惦记着，能春风吹又生，天朗气清惠风和畅之时，牛吃着青青嫩草，她的头上也生长出绒毛般的细发，几年后她也能学人在街市上买些女子的发饰，对着镜子编织着头发。在此之前凤娥都是用一块方巾裹着头，身上的衣服虽破旧，头上的方巾却用着不同于衣服的好布料，头是她的希望。再长大些凤娥就不幻想了，明白有些事这一辈子没有办法改变，她把自己的驳头当成一种身体上的不完整，是无法用人力改变的缺陷。尽管凤娥长得很高挑，小小的瓜子脸上五官标致，她还是不太照镜子，从来没有好好地去审视自己的美。人往往缺什么就想去弥补什么。凤娥最爱的就是头巾，比花裙子更让她着迷，裙子可以满足每个女子的公主梦，头巾就是凤娥的魔法，使得她能拥有一个完整的梦。她也想头巾下面能裹着女子柔顺披肩的秀发，她紧紧地裹着头，从清晨到傍晚，从初春到暮冬，裹着一个女子最美好的幻想，如同一个男子思慕心中的佳人，在溯洄从之中，朝朝暮暮。

执念是水中的浮萍，看似无根却除之不尽。许多女子走到妇人之时，会丢弃花容月貌、诗情画意，以及种种少女的幻想。凤娥也丢了，容颜早已被田地的泥土染尽，那一双明眸蒙上了白内障的纱，只是那一方头巾还是她的生活必需品，像日常的衣服和鞋子一样，她要裹好了才会出门开始一天的生活。天热的时候，丈夫说："这么热的天，头巾就不要裹了吧！"她不回应，依旧要裹着出门下地干活。也有村里的朋友劝说："咱都年纪这么大了，没啥美丑了，那个头巾也不用遮啥吧。"这个时候凤娥也是淡淡地说："习惯了，几十年都这样过来了，也戴不了几年了。"事实上凤娥中年的一段时间，几个儿女在城里务工，赚了钱回来，有给凤娥买帽子的，也有给凤娥买假发的。凤娥都放在箱柜底下，没有用过。她不能适应时髦光鲜的假发扣在她已无神色的脸上，同样不喜欢戴着帽子遮住额头和些许视线，她喜欢裹着方巾，按照自己的头型扎个花一样的结，每一天都在裹上头巾后点着太阳，卸下头巾后关上月亮。

　　交换是你取你的半分，我要我的一毫，无所谓等不等值，有的是心甘情愿的态度，舍生取义的成全。家里贫穷，秋元又是赘头。没有女子愿意嫁过来，就算是去倒插门，长相上也是要过意不去的。那个时候家里的女子又要去牺牲自己了，有一种说法是"打调"（就是我家一儿一女你家也一儿一女，两家都愁嫁娶，就干脆把四个孩子结成两对，一个女儿对调一个媳妇回家）。秋元和凤娥就是这种情况。他们和英明村的一家兄妹俩"打调"了。凤娥就这样嫁了过去，没有感情基础的婚姻，完全是一场豪赌，而拍案坐庄的只能是命运，赌注则是一个女子的一生。

　　凤娥勤劳朴实，骨子里有着土地捶打出来的韧劲，从小没有依偎过父亲怀抱的女子自然学不会投入丈夫的怀抱里。凤娥性格直爽对于婚姻的态度更像完成一项责任，觉得自己嫁过来了就是把家里日子过红火起来，都能吃上饭，再生养几个孩子，传宗接代下去，至于和丈夫你侬我侬、举案齐眉的生活并没有过多地向往。娶了一个不知情趣的姑娘，丈夫万金也是有苦说不出，自从把凤娥娶进门，家里的生活是更加井井有条且富足。有时万金做事回来爱喝上几口酒，说一些抱怨话，凤娥听了也委屈，自己嫁过来没有偷一天懒，里里外外操持着，老人和孩子一个不落下，还得不到丈夫的一句好。一起过了大半辈子，一个灌着井水，一个提着湖水，两个人心里都满是苦水。可互换来的婚姻不止要想着自己的感受，更加背负着另一对人的未来，是夫妻又是亲戚。赌输了就输了，也不离场，也不喊冤。只是我们都只能下自己的注，换了一个场子，规则就不同了，有人要推翻规则，提前下场，你觉得不合常理，却又没有办法制止。凤娥的三个孩子，大女儿比较传统，嫁到了村里，婚姻还算和顺，大儿子和小女儿都经过一番互撕的挣扎，离了婚。两个孩子闹离婚时，凤娥曾是一堵"钢铁长城"，拦着不让散，绝过食、寻过死还是没有拦住。凤娥想不通，自己对婚姻忍了一世，孩子怎么就不能寻着她的路过下去呢。离了婚，后代多可怜，外人要怎么嚼舌根子，想到这凤娥真的觉得自己没法活下去了。与宿命面对面，认命的人缴械投降，敢于叫板的人才能扭转局面。大儿子和强悍的媳妇离了婚，虽丢了全部的家产，却在走投无路之时，遇到了投以甘露的第二任妻子，两个人携手创业，开了好几家店。小女儿曾因为丈夫的屡屡出轨精神失常，离婚后获得了新生，寻找到了自己的生活。婚姻的庄，一开始凤娥就把自己放在下家，失去了主动权，她没有体会过坐庄的落拓不羁，却看到了子女突破重围后的赢面。

　　城市的霓虹灯二十四小时显现着"勤俭节约"几个灯光字，食堂阿姨打饭菜一边说着"浪费粮食可耻"，一边收集大人孩子剩下的饭菜。人们总是习惯在餐桌上大快朵颐摸着撑着的肚皮去想念清贫之乐。可凤娥不要这样的口号和标语，她从贫苦的家庭中走出来，一衣一食都恒念艰辛，生怕回到一穷二白的日子。她舍不得丢掉东西，孩子的衣物从老大穿到老三，那时几个孩子因为有着共同的回忆而更加的亲近，还有更多聊得来的话题，这样的做法也延续到了子孙辈，几个原是不在一起长大孩子，要去共享衣物、玩具、书籍，让孩子与孩子之间多了许多竞争的意识，常常一见面就敌对起来，好似都看见了霸占自己心爱东西的小霸王，各自不愿意向对方示弱。

只是凤娥的勤俭不仅于此，从煤油灯到电灯，凤娥舍不得用电，用的是瓦数最低的灯泡，做的新房子也让石匠在房间与房间之间开一个口，好让一个灯可以同时照亮两个房间。剩菜剩饭从来都舍不得倒掉，总是隔夜了加热，一天加热好几次，完全变味没法下口了，又倒去拌食喂养牲畜，家里的鸡鸭就常常因为吃了不干净的东西拉肚子，虚脱而死。凤娥还要趁着它们还有一口气在的时候，活宰了做好端上餐桌，牲畜吃了不干净的食物变得不健康，人又吃了不健康的牲畜，活活一段恶性循环。

万金和凤娥的感情不和也多由观念的不同，好不容易过上小康的生活了，万金想要一段欢乐的老年时光，轻松愉悦些，可凤娥节俭成性了，舍不得万金在家里开着电风扇点着灯看着电视，这得耗多少电啊。常常赶着万金搬个凳子到树底下去乘凉，带着一个手摇扇，从前的夏夜，树底下很热闹，点着自然的萤火虫灯，坐的人多，可现在日子好了，大家都在家里乘凉，万金被赶出来一个人自怨自艾只能打电话向儿女抱怨。儿女开导凤娥，她也是明事理的人，只是她说自己也没有办法改变啊，就是一辈子忍，一辈子熬，一辈子省，思想如同一条响尾蛇顺着血液流进她骨子里，一切正常的舒适生活都会让毒液翻涌，让她不踏实。她不需要勤俭节约的口号，她需要好吃好喝好生活的洗礼。和她一起生活的人，不用担心未来，可和她一起生活的人也没有未来可享受啊！

她有一个好的样貌，只是她把注意力都放在头巾上；她有一手好牌，只是任由命运去坐庄；她有一副好心肠，只是没有让身边的人过上好日子。

小　元

　　返回童年，回望也是一种治愈。鹤龄的他蹲坐在孙子孙女旁边，用撒娇式的姿态和言语说着："约定好了哈，你们每个周末都要来爷爷家里吃饭，来陪爷爷，和爷爷说说你们的学习和生活，谁要是失约了就是小狗狗，来拉钩。"天地间无言的深沉却用孩童的戏语铸就蝉丝的茧，常年被包裹的心，终于破茧而出。

　　人皆有父，翳独我无。两岁的小元，尚在襁褓，眼珠子骨碌碌地注视身边的每一个人，有母在侧，无父立旁，虽有三个兄长，却是少有亲近，唯一处得多的就是自己上头的那个姐姐，日居月诸藏住世事。山就是山，水就是水，我们无法因为有了山就联想着山石水出，没有水也能想象水；也无法因为有了水就联想水自山来，没有见到山也被山涵养。小元没有父亲，虽然有三个兄长，常说长兄如父，但缺失父爱就是缺失父爱，即便有兄长的搀扶还是不能让他得到并且学会如何去表达一个男人对稚子深沉且悠远的爱。他没有模板可学，于是在子女身上成了一辈子中国式父子关系的试错田，直到孙儿辈他才摸索到了爱的表达。命运的砝码早以明码标价，失去与获得总是有平衡可寻。小元自幼丧父，没有得到过父爱，可几个哥哥姐姐却待他比旁人家对待幼弟的关系多了一份怜爱。他收获了大哥如父般的责任关怀，二哥三哥无条件的礼让，姐姐凤娥成长的心血。像冬日的阳光，不需要言语就洒下了一大把，兄弟姐妹间都没有商量就默契地放弃了各自学习的机会，一门心思供养这个最小的弟弟。农村兄弟多的人家免不了妯娌纠纷，为了芝麻小利斗得骨肉相离。可这家轮流照顾老母亲还要附带供养最小的弟弟，成了不用明说的事情。凤娥嫁人时，对方给了一笔礼金，母亲问他们兄弟几个怎么去分时，老大站出来说了一句，"不要分了，留给小元吧"，兄弟几个也都没有意见。小元被培养到公社读了书，回来后就在村里教书，是家里唯一一个抓住了命运的稻草通过读书改变农民身份的人。通过自己一边教书输出一边读书输入，小元在教书育人的道路上成长得很快。

不苟言笑是天生的，一种自然的流露，后天没有温情的暖房。他便觉得严肃和理性都是为人师为人父必备的一种性格。十几岁就当老师的小元，为了担得起三尺讲台，用一副小大人的模样为自己配备上了铠甲，农村的"赤脚老师"，没有受过专门的师范院校培养，只是读了几年书，能识文断字就可以在村里的学堂教孩子们写字和算数，也就是现在的语文课和数学课。小元上课很严谨，对待孩子们读书的事也很上心，不像村里几位年长些且成了家的老师，常常课上到一半就被喊回家忙自己的事情了，季节时令到了还会带着孩子去田地里帮忙做农活，那时候孩子读书被老师一举两得喊去田地里做实践课是一门必修课。可是小元不会，小元自己也是个孩子，一门心思把自己学到的知识传授给学生。学生们能看到的就是他课堂上专注致学的样子，于是都很敬畏他，甚至有些因敬而生畏惧。小元不爱和同事朋友说笑，在学生面前更加一本正经。山欲高，尽出之则不高；水欲远，尽流之则不远。小元从来没有叱骂过学生，更加没有动过粗，仅仅是一张欲怒而不张的脸，就足以让孩子们对他留下深深地畏葸。那时候一台黑白电视只能播一个台，一个人一生也只从事一份工作，从年少走到年老，是青春的起点，也是暮年的句点，收藏和记录了一个少年一生殷实的事业，生命的意义就在那里。小元一路从乡村的"赤脚老师"到乡里正式入教，后来通过人才选拔进了镇里中心学校的管理层。变的是人生经历和少年焕颜，不变的是他几十年如一日的师道之风，严谨中有些呆板，一丝不苟下有些难以言喻的固执。几个哥哥的孩子并没有因为叔叔小元是老师而更加沾染书香气息，反倒因为叔叔一向严厉，在家里能躲则躲，到了学校更加害怕熟人的"关照"，几个孩子都不愿意去学堂，后一辈的几个孩子也都没有读到书。小元心里为几个侄子着急又不知道怎么表达，他们越是畏学躲着他，他越是给他们学习加任务开小灶，在家里也和课堂一样，对话就是抛问题检测他们学习的情况。孩子们总是想着各种法子不和他碰面，后来有一个跳出来说"怕叔叔，不读书了"，几个孩子也都跟着辍了学。即使是长大后自己成了父母，心里仍然有儿时对叔叔小元的那份恐惧在。可真正兄弟几个坐下来聊起，又都表示其实谁也没有挨过打，哪怕是过重的指责也是没有的。他那深沉肃穆的面容，给不了孩子任何温柔的想象。

　　人生的奇妙是绕了一圈，他收到了所有违背自己初衷的结果。有份教书的工作，即使是家徒四壁孤寡的老母亲，仍然有人愿意把女儿嫁过去。村里邻居家的女儿，年龄和小元相当，看中了他有傍身的技能，什么也没要，就把女儿嫁了过去。小元和同村的姑娘成了家，原就是一起长大的，两个人感情不用培养，早已深厚。只是小元习惯了讷言，对爱人也是一样，里里外外的事情自己做得多和爱人商量得少，爱人做的一些决定他也不干预。生了两个儿子，两个孩子都怕父亲，和外婆家的人亲近更多，有了哥哥家几个孩子的例子，小元不敢硬碰硬地压着两个孩子读书，只是尽量地避免直接教育，他悟得了"自家的孩子天生是给别人教"的道理，回去该吃饭也就吃饭，该睡觉就睡觉，不过问两个儿子的学习，反倒两个儿子都读了不少书，大儿子长大后也和他一样当了老师。时隔很多年后两个人没有再生孩子，于是机缘巧合下领养了一个女儿，妻子本想养个小女儿激发小元不被袒露的父爱柔情，可事实上，没有养女儿的经历让他更加不得其法。他从未和女儿小芳亲昵地说过话，女儿也很怕他，没有主动亲近过，他爱整洁，家里的书本和纸墨没有人敢碰，小芳越长大越小心，做事唯唯诺诺，说话也是低眉顺耳，好多人看小芳的样子都觉得她是没有被善待的养女，但身边的人都知道，小元这样的做法才是把小芳视如己出。小芳也怕父亲不愿意去学堂，整日里躲在母亲身后，从小就练就了一身贤妻良母的家务本领。本想多个女儿更加贴心，老来也多个人照应，可惜缘分把捡来的又要倒置回去，小芳在网上和外地的男子谈恋爱，一家人极力阻止，怕她从小没有出过远门的远嫁了是要受委屈的。小芳出嫁那天是小元第一次在孩子面前红了眼落了泪，小芳和对象两个人同时喊着"爸，请喝茶"。他半天没有反应，然后缓缓地抬起低沉的头，众人看见他泪眼蒙眬，端起茶杯抿了一口，缓缓地放下杯子，猛然地起身抱住小芳的对象，哇哇大哭地说"要好好对我的小女儿啊"。小芳说，记忆里从来没有被父亲这样抱过，更加没有看到过他情绪失控成这样，从那以后好像心里对父亲的畏惧一下子卸下来了，觉得他比谁都需要温柔的关怀与爱。

爱不轻易表露的一代人，自己没有得到过，明明想付出却不善表达，眼神不流露，嘴里也不言不语。温暖与情感似泉眼，一旦挖掘出就会汩汩地流。那次的眼泪成了泉眼，孩子好像开始懂了这个一辈子都在学习如何做父亲的男人，他不是天生的老师，做父亲这件事他本就没有模板可学，他是自己的学徒。泄露的爱要被珍视，对子女更加温和，后来有了孙子孙女越发把爱泄露得一寸比一寸长。

退休后，小元会跟着妻子逛逛市场，晚上在广场上散散步，年轻时不善应付的人际往来，不善表达的交际之语，退休后把这堂课都补了回来。爱会蔓延铺洒，小元随着年龄的增长，情感细腻而温和，看着邻居家的襁褓中的孩子都会轻轻揣入怀。在街市上晃悠时，也总是想着几个孙子孙女周末来家里时需要的吃的、喝的、玩的。几个孩子会怕爸爸怕妈妈怕奶奶，唯一不怕的就是爷爷，那个会和他们想到一块儿，闹到一块儿，玩到一块儿，还常常用他们之间的言语约定撒娇的小元爷爷。

他一辈子都在教书育人中教学相长，只是六十几岁后才试着敞开心扉，卸下肩头的担子，纵身化为孩童去索求爱和表达爱。言行举止间活泼是个孜孜不倦的学徒，要用余生更好地解答为"父亲"这种职业的人生考题。

艾　嫂

——还想为你们做些什么

　　"煮豆持作羹，漉菽以为汁。萁在釜下燃，豆在釜中泣。"诗读到这里没有同根相煎的悲伤，而是字字锱铢"豆"这一农作物的宝贵之处。豆子可以作豆羹；然后把豆子的残渣过滤出滤来，液体的部分是豆浆，而过滤出的残渣也可以饲养家畜；豆秸晒干后能当柴火烧。豆全身散发着"都是宝"的光芒。

　　伏暑六月，无风无浪，豆子在阳光的暴晒之下，被催熟了。艾嫂白天在小儿子的田地里抢收着豆秸，晚上赶着回来帮大儿媳浸泡着第二天要磨成豆腐的豆子。朝夕之间还有空隙，她会跑到嫁在村里的小女儿家，挑满水缸的水。有些人从年轻走到年老，从未想过自己的歇息：年轻力壮时为子女们扛风风雨雨，暮年老矣时也想着能添薪加柴。

　　艾嫂和丈夫生养了五个孩子——两儿三女，依靠着贫瘠的土地，拉扯五个孩子长大，已是半生风雨熬秋霜的艰难。生命的气血总是有限的，过分地透支只会难以烙得长久，那一辈人的寿命普遍都不长，熬过了六十大关，就不算是短寿之人了。艾嫂的丈夫因积劳成疾，活到六十几岁，被一场大病带走了。丈夫走后，田地都分给了两个儿子去耕耘，而艾嫂自己开垦了些菜地，家里的油米由两个儿子提供，衣物和零用钱则是三个女儿补给，从来也不出村，一些积蓄都花在孙子孙女曾孙身上了。艾嫂活到九十多岁，经历了四世同堂。

　　艰苦卓绝的妇人在岁月里熬成了金身。丈夫走时，艾嫂也才六十出头，身子还算硬朗，虽说已把土地交给了两个儿子，可播种和收割时还是会勤勤恳恳地帮着两家打理，力气活丝毫不马虎。对两个儿子来说，艾嫂算得上一个强壮的劳动力。

　　后来大儿子当了村干部，没有精力打理土地，大儿媳妇就做起了豆腐的买卖。农家的豆腐手艺，老一辈都是经验丰富的专家：浸泡豆子用半温的水，水没过豆子大概一层半高；经过石磨后过滤三遍水，倒入锅中煮沸；豆秸秆烧大火，加入一定量的石膏和水。这一道完整的工序都是艾嫂日积月累的独家手艺。

　　自此，农忙时她去帮小儿子平整田地，闲时日日帮衬着大儿媳做豆腐和卖豆腐。她家的豆腐既实口又润滑，卖给人时，也会多询问几句，"豆腐买去怎么吃呀？打汤我就给你切中间水润的，煎炒就（切）两边的紧实。"大儿媳的豆腐生意做得好，少不了艾嫂忙前忙后的参与；后来知道村里人忙着抢收没有空闲，艾嫂更是愿意早起把做好的豆腐再用油炸一遍，制成那种可以即食的油豆腐；不仅帮大儿媳多拓展了一些生意，也为村里人提供了便利。

艾嫂

　　艾嫂的思维尚算清晰，身体已然开始"零碎"，先是眼睛的白内障，让视线变得模糊，做不了精细的手艺活了，再就是四肢的力使不上田地的活。两个儿子都不让艾嫂来帮忙干重活，可是她闲不下来，看得见的活不让干了，她便主动包揽那些看不见的细碎之事，整理家务、洗衣挑水。艾嫂几头跑，两个儿子家的事做完了还要去帮那个嫁在村里的女儿家的忙，大人忙得没有时间做饭时，她就做好几家人的饭，孙子孙女外孙们放学回来，都能在她那儿吃上新鲜热乎的饭菜。年轻时，家里的饭菜都是丈夫做，她只负责打下手；后来丈夫走了，她也是跟着两个儿子吃。所以，艾嫂自己是不太通烹饪的。可是为了孙子们，一把年纪的她还是竭诚地去尝试，看着孩子们吃得开心，她好像又找到了自己存在的欢喜。

　　拖着年迈孱弱的身体，她所选择和付出的爱组成了一个饱满的世界。艾嫂七十多岁的时候，一只眼睛已经完全被遮翳了，手脚也迟缓了许多。孙子孙女都已长大，成了自己的家，她一个人的吃住又随了两个儿子家。大儿子的儿子成家添了孩子，艾嫂当了曾祖母，孙子和孙媳妇要外出谋生，只能把孩子留在家里。艾嫂又找到了事做，白天大儿子和儿媳忙活的时候，她就照料曾孙，起初是一整日一整日地抱着；随着孩子的长大，体重上去了，艾嫂力气跟不上，就托人在街市上买了辆小推车。自那以后，总能看到：灰白皤发的老人，用着新式的小推车，在绵长的岁月里推着牙牙学语的孩子，村陌小巷回荡着孩子的哭声和老人的笑声。

　　子孙也和庄稼一样，一茬接着一茬发，曾孙一个接着一个落地，艾嫂整整带了三代人的童年。亲人之间有相伴的回忆可以追溯，才能更加亲近和绝美。逢年过节，大的小的满屋子站一堂都涌进艾嫂的老屋，娘啊，奶奶，太奶奶这样喊着。大人们给艾嫂拜年送节的钱，她总是先满心欢喜地接着，然后叮嘱孩子，"接了你的钱，以后可以多赚钱"；等到孩子们吃过饭要返回各自家时，她又想方设法地把各家给的钱还到各家的小孩子手里，"拿着太奶奶的钱，好好读书啊"。即使年复一年钱都是这样没有流转出去，但这样一份仪式感在老人家和孩子之间一直默契地延续下去。

　　知道孩子们要回来前，艾嫂都要去赶集，不用买菜，因为孩子们都会从城里带来，但她要去一趟超市，挑上一大堆的零食，方便面、碳酸饮料、辣条这些平常大人不让小孩子吃的三无食品，她都会备在家里。小孩子来了，都喜欢进太奶奶的房间，她就会缓缓地打开自己的箱底，把小孩子们爱吃的东西全部分给他们。为了不让父母发现，他们总是关着门在艾嫂的房间待很久很久，事实上大家都知道小孩子在房里偷吃禁食，因为大人的童年也有这样一段美好的记忆，平时把孩子们管得严，难得节假日，又是太奶奶的一片心意，也就由着他们了。不管活了多大岁数，那样细致入微的关怀与体贴都让艾嫂和孩子们没有隔阂与代沟，那一口给小孩子们藏零食的皮箱后来都被孩子们塞满了营养品。

　　勉强能拉着她的是那一条牵挂的绳索，迷走于时光的洪流里。艾嫂八十多岁的时候，思绪迟缓了下来，神情也总是凝视着，但只要腿脚还能行动，她便要一寸一寸地为孩子们挪。家家户户秋收后，一些没有收割干净的农作物遗落在田地里，庄稼人只管大片大片地耕耘，不会去锱铢点点的收尽。艾嫂一只手拿着长长的竹竿子，既能探路又能翻拨翻拨土地，另一只手拿着年岁古老的蛇皮袋，如同一个拾荒者，把地上没有收尽的作物都拾掇干净带回家。家家户户的田地都会被艾嫂重新收割一番，土地回馈的点滴深情都有人去复视。即使没有种田地，艾嫂季季也能有个丰收，不仅自己的油米能够自足，还能用捡到的花生、芝麻榨了油给孩子们分去一些。尽管叮嘱了许多遍，她眼睛不好，不让她翻山越岭地跑去田里地里，她还是一直坚持，坚持到没有力气从遥远的地方扛着一大袋子农作物回家才罢休。孤独和苍老让她慢慢地忘记了自己，但是还是想着能做些什么。

　　村里的老伙计一个接着一个地离去，艾嫂成了被另一个世界遗忘在这里的人。年近九旬的时候，大儿子被查出了胃癌，家里人及时把他从省城转到了上海的大医院，医生通过切除胃部的手术来控制病情，手术很成功，医生也说后期基本维持药物治疗就没有大问题了。家里人怕老人家担心都没有和她说，况且她的脑海常常自动断片清零，上一秒和她说了的事，转个身又都忘记了。大儿子回来不到三个月，癌细胞急剧扩散，还没有等到送去上海复诊，人就走了，一家人都沉寂在得而复失的痛苦里。艾嫂看见大儿子家里做着白事，就问着，谁走了啊。有人告诉她是她的大儿子，她愣住了，许久，痛哭了起来；隔了一会儿像忘记了一样，自己又起身，跑到了菜地里摘菜回来，往大儿子家里送些，也往小儿子家里送些。大儿子走了许久，大儿媳听信村里人的闲言碎语。每回艾嫂送东西来都将她拒之门外，还不待见她。后来艾嫂有一次从菜地回来摔得鼻青脸肿，腿也伤了，几个子女就商量着轮流来服侍。等到她腿好一些，又开始到处乱窜，在村里的垃圾桶里乱翻，捡一些有用的东西给孩子们。子女们没有办法说服她，又怕她受伤，只好把她锁在了屋子里，到了饭点就来给她送些饭菜。

　　生命里最后一段时光被圈在屋子里，她来回踱步时，从粮缸里抓了一把豆子，撒在门前的沙坑堆里，日日洒水去照看一眼。含着最后一口气时，拉着大儿媳的手说，门前生了豆芽，大儿子喜欢吃。终了，她闭上了眼睛，嘴角却挂着祥和的笑。

香云公

——翻着旧皇历的人

　　夕阳渐渐地被夜幕染晕，黑色的网笼罩着大地，取暖的木炭停止了"噼啪"的响声，烤火的人也要走了，那一张被固执的性情涨红的脸，虚弱惨白变得柔和平静了下来。

　　曾经熙熙攘攘的聚集地，随着一个又一个的离开，如静美的秋叶萧条了下来。那间挤满了人的杂货铺，只留下空荡的货架和一些永远不会被人带回家的商品，人一个个老去了，商品等得也过期了。

　　杂货铺老板的小女孩，扎着两个冲天的辫子，手里拿着冰棒，嘴里还"咿咿呀呀"地哄着父亲，坐在父亲兜里撒着娇。大儿子写完作业后就老老实实地去整理货架的商品，好似店铺的小二哥，勤恳间有些畏怕父亲，唯唯诺诺的。那一代起，女子骤然而升的社会地位，在农村就有了端倪，愚昧固执的人不是仅限于自己的世界，还要去涉足干预一切目之所及之地的事。

香云公

"女孩子就要有女孩子的样子，少说话多做事，吃着东西还坐在大人兜里像什么话，从小弄得这女孩子不知道多大的胆子，以后会翻天哦，男孩子又胆小不作声，没有出息的。"

香云公两手后背，说得激动时会解开一只手，伸出食指点着人，声音很洪亮，一腔正气逼人，但脸上涨得通红。

被说的中年老板有点不好意思，瑟瑟地把孩子放下来，抓抓头说："香云公说得对，只是这女孩还小，不会做啥事，男孩大些，懂事些。"

小女孩不依不饶了，像看到黑脸的包公一样，又敬畏长者又厌恶他的说辞。家里兄妹俩，哥哥寡言内向，不善于和人沟通，在开杂货铺的家里只能做些善后的活。而自己善言外向，招揽得了客人，哄得了父母，深受关注与喜爱。香云公像是个翻着旧皇历的人，所到之处都要拿出来亮一亮，怕新生的一代忘了祖上的规矩。因为他年纪大，辈分又高，村里大大小小都称他为香云公。

记忆中香云公夫妇俩，就不用干农活，只种了些菜，在农村每季的抢收季中显得格外的清闲，加之没有什么打发时间的娱乐活动，走家串巷的"巡视"成了他自定的工作。

杂货铺是他常去的地方，因为来来往往走家的人多，有时候他一坐就是一上午，他看到不合常理的事就要拿出旧皇历翻一翻，让年轻人记一记规矩。他在的时候孩子和大人都更加的谨言慎行，不想被指着说，于是都一副老成守规矩的样子，本来闲时人们放松，言语会轻佻些，坐姿也随意，男男女女都会逗着趣，孩子们放学后追逐打闹着……这样的局面香云公在的时候都被封印住了，有的只是一片沉寂与祥和，老去与死去的凝滞。香云公已经习惯了这样，家里四个女儿和两个儿子都成了家，不和他们夫妇一起生活。家里只有两个人，妻子早已习惯他的教条，除了喊吃饭，几乎都不开口，他也总是沉默着，每次开口就是指点和数落不是之处。这样规矩的家里，连乱啼的鸡都没有，除了早上按时打鸣，就剩下被杀的时候发出一声撕裂的惨叫。

　　杂货铺的老板买了村里第一台 VCD，可以放光盘。哑哑锣声一响，村里的老人就知道是在放采茶戏，纷纷搬着凳子挤在那个人货一堂的小卖铺里看戏。到了下午孩子放学的时间，就开始放孩子喜欢的动画片。多年后杂货铺的小女孩还记得：那是某一个夏季的午后，下了第一堂课，口渴难耐，跑到家里喝水，家里和往常一样挤了乌压压的一群人，只是大多数是和父亲一样的中年男子，小女孩在厨房喝了水，往店铺里走，在人群里挤进去看了一眼电视的画面，是一对赤裸的男女，老板看到女儿蹿出来，立马拔了电源，断了刚刚的画面，小女孩也涨红着脸，想拥有孙悟空的七十二变消遁而去，扭过头去竟看到香云公坐在角落，卡其色的裤脚湿湿的，那是她第一次看到黑面的包公，低着头通红的脸像个犯了错的孩子。后来她再碰到香云公的时候，香云公的眼神都很迷离，没了气势逼人，可是言语上还是不饶人，那本皇历还在手里。

　　也许男尊女卑只是旧皇历上一个标注，重男轻女就是源头。二十世纪八十年代赶上国家实行计划生育，香云公的大儿子是县城的公务员，要严格落实一胎政策，头胎生了女儿，不能再生了，香云公不能接受，要让儿子放弃工作，也要生到儿子，不然家里没有后代，再大的成就都是无用的。放弃工作，儿媳妇又不答应，要离婚，还要带走女儿，儿子不想好好地一个家分崩离析了，没有听从父亲的话，许多年不敢带老婆孩子回家。还好香云公有两个儿子，小儿子生了儿子，圆了他的厚望，对孙子的疼爱远胜过自己的几个孩子，加之和孙女来往得少不亲近，香云公不待见孙女，儿子疼爱孙女的时候他也是冷冷地说："一个女孩子，养得再好以后也是别人家的人，要多花时间给侄子，这是我名下第三代独苗。"无法宽慰一个活在旧历中的人，要去看着自己的想象和现实的破裂。被寄予厚望的孙子书没有念下去，花了父母大半辈子的积蓄托人找关系才弄到一个辅警的工作，还一直成不了家。那个他视为芥草的女子竟成了光耀家族门楣的翎羽，孙女上了重点大学，考上了公务员，还有美满的婚姻。香云公虽然没有刻意鼓吹这件耀人的事，却默默享受着外人赞叹家里出了一位才女的荣光。

她，他一辈子把她丢在身后，晚年的最后一程，却想死死地拴在身边。香云公的老伴谨遵着旧皇历的女诫——恪守妇道，侍奉公婆，服从丈夫，照料孩子，言语少，行动多，即便是在村里也很少出门。晚年的时候，有些痴呆了，脑子带着耳朵和嘴巴都抛了锚，常常听不进香云公说的话，有时候听到了不管在不在理，就是要开口怼上几句。这样的反差让香云公意识到老伴病得不轻。以前家门不出的人爱到处蹿，一出去就不知道回来的路，香云公一开始只是在家里等着，到了饭点人还没有回来，就背着手在屋里走来走去，等到天黑了，会有点心慌，按捺不住拿着手电筒到处找老伴。每次经过漫长和焦急的找寻，心里要翻的皇历都会被眼前找到人后的安定与喜悦翻阅过去，像是酌了一口酒之后人更加感性的清醒。记忆去远行的人，过不上眼前的生活，老伴渐渐失去了做家务活的能力，洗衣做饭一应事务，香云公都要承担，他男尊女卑的大男子主义也在晚年琐碎的生活里被埋没。

覆水唯一可以回收的是嫁出去的女儿，尽管从小没对四个女儿抱有期望，死死认定嫁出去的女儿是泼出去的水，还是在生命的最后一程，明白了覆水可以回收。香云公一路陪伴着老伴过世了，家里只剩下他一个老人，两个儿子在城里工作走不开，就试着把香云公接到城里生活了一段日子，两个儿子轮流照顾，老人还是不太适应，一辈子在村里待习惯了，落叶都要归根，这临到半空，即将要飘零委地的人，挪了地方只会加剧失落感。香云公执意要归家，两个儿子都不能去照顾，四个女儿商量着轮流去家里照顾父亲，一个女儿照顾一个季度，一年也就过去了，她们知道两个兄弟的苦衷，就没有拉着兄弟一起轮流。香云公回乡后大概过了一个年头，每一个女儿的照料都享受了一遍，个个都是贴己的棉袄，期间孙女也时常来探望，这一屋子嫁到别人家的女人，却都是满心满意的缓缓回流。

香云公走的时候是个隆冬，为了多一点生机，屋里日夜烤着火。看着日夜照料着自己的这一群女儿，腐旧不易被洗涮的老皇历也不经意间动荡地翻过去了好几页。他吊着最后一口气，等着两个儿子还有孙子回来才肯咽下，像一个考古者，内心无比坚毅，世事难料，时世易迁，能守住多少就守多少，他要见到儿孙最后一眼，对自己出土的文物再一次的考究。终究他们没有赶上，他也没有守住。

香云公这一走，再也没有回头。

莲 香

——龅牙漏出的话

　　莲香年轻的时候是龅牙，前面几颗门牙往外凸得厉害，好多话有心的无心的、做了的没做的都会事先漏了出来。年纪大的时候开始掉牙，里面的坐牙开始松动，掉光了，漏风的门牙才渐渐地开始动摇。

　　莲香结了两次婚，生了两儿两女，第一任丈夫过世了，第二任丈夫是招揽上门的，四个孩子中两个大儿子是和第一任丈夫生的，两个小女儿则是现在丈夫的。莲香见到人就能起调说话，起的腔调决定了她接下来要说的是哪一番话，但只要她一开口就没有别人接话的份。

　　"我的命好苦哦，嫁过来几年老公就走了哦。"

　　"现在的老公会恰酒、恰烟哦，命好难过也。"

　　要是这样的话先抛了出来，接下来的言论肯定是说她自己，一

狗子（莲香的丈夫）

把鼻涕一把眼泪，情绪不能自控，也就她一个人自说自激动，旁边的人肯定听了不下十遍了，电影里重复播放的片段，再扣人心弦也司空见惯浑然无事了。村里人空闲的时候，碰到了莲香会听她絮絮叨叨上一段，她也不用人安慰，好像只要人听她漏一漏话，她就能卸下一身包袱，那些令人垂泪的事，都能倒出来了。

"我屋里大崽光荣，到美国去了哦，赚了好多钱回来哦。"

"我大孙子冬冬，好会读书耶，屋里全是奖状。"

"我小孙子登辉对我好孝顺，对他公公也好哦。"

有时候她也起欢喜的腔调，炫耀幸福似的拉着人分享这样的快乐，说完了还要补充到，"我现在日子好过的很哦""这样的日子要活一百二十岁就好哦"。不管别人理不理会，她都要自说她的，像个孩子一样去贩卖自己的快乐。

村里人都了解莲香的脾性，自然知道怎么去应付她天生强有力的表达欲和诉说欲，多数是不会因为她的言语而起波澜，可长年累月在她喋喋不休的聒噪里总有抑压不住爆发的时候。

　　农人早出晚归，一天中最闲适的时光，就是傍晚夕阳残尽，村里没有路灯，人们也舍不得在家里点灯，做好了饭，寻着星子的光亮，端着各自的碗，集中到主街上边吃饭边拉着家常。好多次莲香都像从故事里跑出来一样，一边叫嚷着，一边哭诉，她的丈夫狗子要打她，把她往死里打，她没有活路了，让大家救救她。之前几次狗子还会跑出来向大家解释解释，然后拉着莲香进去，不要让人看笑话，后来次数多了村里人也就见怪不怪，知道只是两口子发生了口角，狗子是老实人，没有真的动过手。大家是吃着自己碗里的饭，边听莲香哭诉着，虽是常上演老掉牙的片段，但在寡淡无事的夜里给大家增添了许多的谈资和趣味。

　　有一次狗子喝多了酒，和莲香发生了争执，酒性的助力使狗子真的对莲香动了手，下手还不轻，可那一个挨打的夜，莲香反倒平静，没有出来闹腾。好几天莲香出门干农活都戴着个帽子，见到人时刻意把帽子压得低低的，帽子像是从头压到了嘴巴面前，从门牙出来的话也不漏风了。人们暗自惋惜和同情莲香，这次被狗子伤得不轻性子都转了时，没隔几天，莲香取下了帽子，逢人又开始说："狗子好恶哦，把我往死里打耶，我全身都是伤，你看看，你看看……"其实她指给人家看时，伤口早就愈合得看不到痕迹了，人们也是顺着她指的地方看一看，然后心里像听她说的话一样，只觉得半真半假。

　　大儿子一去美国就是十几年，总共也没有回来过几次，说是赚了钱，可也没有往家里寄。但莲香逢人就要说，大儿子好，赚了多少多少钱，自己以后要跟着儿子去美国享福。事实上，狗子身体不好做不了耕地的重活，一直在他们身边帮衬的都是小儿子邦里。本来孝顺父母都是应该的，邦里也没有什么怨言。可是莲香漏出来的话却是，大儿子光荣好，会孝顺她，以后她都靠大儿子了，小儿子一家都在刮她的油，三个孙子都是吃她的长大的。邦里听多了母亲里里外外说这样的话，闷着气，安排三个孩子在寄宿学校，自己两口子抛了田地到城里打工去了。邦里走后，莲香才体会到小儿子的好，改口不再夸大儿子光荣了，开始和人夸小儿子邦里，在外面赚钱，农忙时又来帮忙，养的三个孩子还个个有出息。

在家里最疼爱的就是大孙子冬冬，张口闭口就是冬冬如何好，长得好，工作好，娶的媳妇好，最主要的是待她好。冬冬在城里安了家后，莲香总是吵着要去冬冬那里享福，孙媳怀孕在家，有空闲能陪老人，于是把她接过去住一阵子，大包小包，吃的用的她收拾了一大堆说是要住个一年半载，可去了还不到一个星期就回来了。村里人找她打趣，"莲香啊，不是要住到转口音回来么，怎么屁股还没有坐热就回来了。"莲香不知是村里人逗她，自己诚诚恳恳地拉着人家去说，"冬冬变了哦，去的第一天还好，第二天就给我买臭了的东西吃的，那个睡觉的地方也是一块木板，连床都没有哦，冬冬还不让我和人家说话，怕我丢人，我还是回来好哦。"旁边听了也都笑了起来，去过城里的人都知道，莲香形容那个臭了的东西是营养价值很高的榴梿，木板也是现在人流行装修的榻榻米，城里诈骗分子多不让莲香和人说话是怕她上当受骗。莲香说话一向只顾自己的感受，从来不细想，也不瞻前顾后，她说得好的歹的，家里

莲香

人早已成习惯，会选择屏蔽掉，也不和她计较，该孝顺她还是孝顺她。

家里的道理是和外面大不相同的，因为有爱的包容和亲情的加持，即使漏了不着边际的浑话，还是可以原谅。可在外人眼中，即使早已洞悉人的脾性，可伤人的话总是生生刺耳。集体劳作的时候，莲香边锄着地，边和人念叨，"大孙子和小孙子都生了儿子，自己当了太奶奶哦，家里添了好多香火，说自己高兴，人这一辈子也是想看到家里一代又一代的开枝散叶，不然活着就没有盼头了。"这本也是普通的家长里短，可是一旁无所出的金娣听了气得牙痒痒，闷了好久不吭声，大家做完事休息的时候，都在一旁坐下了，金娣突然站起来，走到莲香身边，揪住衣服抽着莲香嘴巴子，气冲冲地说："添了人就添了人，这里谁家没有添人啊，你说活着没有盼头，说给谁听呢，我没有孩子碍着你了啊，要你在这里多说话。"金娣个子高把子大，挨打的莲香毫无招架之力，只有乖乖挨打的份。旁边的人看到了立马过来拖住两个人，劝了架。一个是有口无心，一个是有心无口。从此两个人像结了冤家一样，走路也要绕着走。老人家和孩子一样闹别扭，孩子就要站出来充当家长的角色了。金娣领养的女儿李英知道母亲动手不好，提着东西上门赔礼道歉，莲香的孩子邦里通事理，了解母亲的嘴碎也跟着赔了个不是。

莲香不记话，孩子们叮嘱她，一定要少言，她听时会点点头，当时答应了，可出个门，牙还是漏了风。但莲香记打，被金娣动过手后，真的不敢再靠近金娣说话了，有时候忍不住还是会思考一下，说的话不能和金娣有关联。她把说的话里不再干涉一个人当作是一段关系的隔离，但凡是她亲近的人，都会"漏"在外面。

　　我家在村里的中心，人们早出晚归都会经过，一次过节归家，看到莲香路过，就切了一块西瓜给她解解渴，她端着西瓜笑脸盈盈的，起了腔调要和我说话，"西瓜真甜哦，谢谢你了，我孙女小女跟你一样大的哦，都结婚生孩子了，你还在家里啊！"，我也只是笑了笑没有应答。奶奶听到了，气不打一处来，"你给她吃了，她也不会说你好。"我回应着奶奶，"她说我好了，西瓜是甜的，只不过她的牙不关风，多漏了一些话。"

　　莲香八十多岁坐牙都掉光了，龅出来漏风的门牙也落地了。没有了牙关着话说得更多了，村里需要乡村导游，老人家不知道导游是干什么的，只知道要多说话，莲香主动去揽了这个活儿，她热情多言，绘声绘色，总能把游客带到年久岁月的乡村变迁里。

　　龅牙会没有，但是爱漏话的性情改不了。

清辉压星河

月从今夜白

菊 的 妹

——代人的美好落幕

　　临近中秋，村里开始忙活中秋祭月的节庆活动。晚会的舞台布置，像披上盖头的新娘，静待庄重誓言后的开启。烧火的塔，已塞满秋收后的秸秆，只差一颗星子的光亮，点燃来年生生不息的播种。

　　从活动现场清点完到奶奶家有一段竹厝山路，下了山隔着一条河，从桥上过就到了村里。秋天是生命的真理，总是要连着阴苦一段日子，才会久久地放晴。连绵阴雨的湿雾气与湖面形成白茫茫一片如似前途渺渺的人生。屏息凝气听到远处传来一阵哀乐，乍暖的早秋竟生了还寒的晚秋悲凉。愈走近声音愈真切，这无比熟悉的声音是死亡向生人的述说，村里又走了一个人，虽不知亡者是谁，但心里还是有被遗落之感。靠同样一方山水滋养的人，后人总是受过前人的浸润。

　　烟雨不问阴晴，只管朦朦胧胧地布置着。回到家听奶奶说着家里过节的安排，她边着手准备着鸡鸭鱼这些大菜的前奏，边一一打电话问儿孙归不归，收到大家都回来的消息忙活得更有劲了。鸡在笼子里不分昼夜地打鸣，热闹里总藏着长久的沉寂，年轻人谋生或求学都在城里，故乡成了节假的几个日子，圆月之后有着长长的阙。下午来家串门的奶奶们交流着中秋上桌的菜，清点着也暗暗地比对着，人来的多少有的聊，菜的个数品种也有的比，一桌饭凝结着大家长的期待与心血。不知哪个奶奶说完家里杀了一只鹅之后，荣花里奶奶说了一句："菊的妹走了，今天中午走的。"其他奶奶也并没有想把话题继续下去，像是连续剧中插入了一条广告，快播快过。听到同伴逝去的消息竟这般平静，司空见惯得不觉忧伤也没有惋惜，仿佛觉得死亡也是一种归处，死已经不在意了。秋风过处桂花落如雨，人这一生要吹过多少次悲凉风，淋过多少场落花雨，送别了多少同龄人才能这样司空见惯浑然无事，应谓"寻常"。

　　"菊的妹，菊的妹"，我在嘴里嘟嚷了两遍，觉得无比熟悉又没有清晰的记忆，开口问了奶奶们，奶奶说起菊的妹的事。菊的妹长得标致又俊俏，年轻时在村里很讨人喜欢，在生产队时就常常有男人抢着帮她干活，她总是在树下乘凉，唱着小曲，一天下来，工分也能记到十分了。奶奶总结不出这就是我们这个时代说的"靠脸吃饭"，就像她们不知如何形容一个人好看、讨人喜欢就会用"菊的妹"这个词代替一样。我的记忆开始变得鲜活起来，小时候爷爷的扫把做得好，邻里们就夸这扫把像"菊的妹"一样；姐姐出嫁时亭亭玉立，奶奶也是说姐姐像"菊的妹"一样好看……若沉鱼落雁只能形容人物，美轮美奂只可修饰建筑，那么我的词典里学得最活

中秋月圆烧圣塔

灵活现涵盖一切美好的词就是"菊的妹"。

"菊的妹，走了，不早一天也不晚一天，真的是生前不给家人省心，死了还磨人啊！"荣华里奶奶补充着。

家乡有过世了的人需要在家里放三天再下葬的习俗。而距离菊的妹去世后三天刚好是中秋节，按照风俗，节日里是不能埋人的。这确实是令人为难的事情。

七夕后的泪雨总算是停下了，八月十五的圆月挂在云翳上，中秋祭月的活动如期举行。远离土地让我们与上天诸神产生了隔阂，一方室内办公不用对话风神雷公，指尖点餐也好久不见灶神，可独独这月娘，城里城外亘古长怀，举头有千年思绪，低头有儿时故乡。烧塔祭月是前两年村里新农村建设重新拾掇起来的习俗，我童年记忆的仓廪不曾有过，要追溯到半个世纪前祖父的青年时代，父辈都尚在襁褓，一代人横跨另一代人，如同自家撂荒的土地。祖父辈耕耘了一辈子，父辈带着子女外出垦拓江河了，虽知道有那样一块土地，却不能在纵横阡陌的田间丰收出自家的旧粮，踩在自家的土地而不自知，如同路人一样对荒芜的土地发出长长的叹息。

想了解中秋节庆的渊源，于是问了村里掌事的华明爷爷，他点了一根烟，如同吸吮往事深深地啜上一口，回忆在浓烟中蔓延。他说："早先村里是个大的农村公社，大家一块儿吃饭一块儿劳作，有自己的戏曲班子，平时多去别的村社演出，为集体挣稻谷，每逢节庆的日子就给自己唱，我们那个年代没有电视机和手机，盼来一场戏老老少少都团团乐。大家围坐在一起吃着自己树上的柚子和集体发的月饼，月娘在天上掌灯，我们在地下闹腾。'文革'后我们戏曲班子就解散了，班子里的老戏骨走的走，病的病，只剩刘老嫂还算健朗，只是没有年轻人学了，现在台上演出的人都是外面请来唱歌、跳舞的。"烧塔是相传宋末时期，农民为了抵抗金人，自发起义，就相邀好月圆之时，把自家的秸秆放入火塔去烧，火塔是瓦块堆砌而成，错落相叠，层层都有间隙，底下宽越往上越窄，呈金字形。在底下烧秸秆，待到火势熊熊之时，年轻力壮的男人就用一柄长锹从下往上拨弄，火星从塔的间隙中奔涌而出好似烟花璀璨，同伴们抬头看月亮的变化估摸时间，一旦看到塔火立马四野而聚，揭竿而起。后来烧塔变成一种人心汇聚国富民强，秋收斗粮硕果累累的象征，成为习俗延传下来。最重要的一个节目就是祭月娘，在村里选最美丽的姑娘，登上塔楼代表村民念着流传下来方言版的祭月词和月娘对话。

　　月光如纱，与灯火交相辉映；凤冠霞帔，一人立月下天地。我感慨道"姑娘真的好美啊。"奶奶在我旁边回应道："是啊，和菊的妹一样。"祭月活动结束后，人群散去，大部分的人都不留夜，开车回城里只有半个小时路程。我坐在车上隔着一座桥，听到菊的妹家中传来隐隐哀乐，想着这时候奶奶在家里收拾我们吃过饭后的残局，一代人的美好已逝，月只能一点点地残缺下去。菊的妹走了，会用"菊的妹"这个词的人也垂垂暮矣。

根 姺

——这本该是我的命

她大嫂出殡那天，雷雨交加，寒风凛冽，雨水湿了山路容易打滑，她年轻时又摔断过腿，旧疾一直使她腿脚不便，七十多岁了不去送也没有人会诟病。几公里山路，她坚持要走这一程，于是我在一旁搀扶着她。家乡的习俗，送人入葬后，返回时不能走原路更加不可以回头看，可那天我看见她回头了，驻停凝眸，深深地、深深地凝望，好像要把这一生都放入眼底，然后转过头看着浩浩荡荡送行的人往回走，自言自语了一句：这本该是我的命啊！

根姺二十岁嫁到了这个村里，丈夫是小自己一岁的表亲，封闭的原乡社会和宗族网络中人与人的关系总是盘根错节又根系深扎。丈夫在家里排行老三，叫三雄。大嫂的丈夫是家中的老大，叫大雄。大雄是长子，自幼就有长子的担当，成家后更是把妻儿老小庇护得风和日丽。三雄仰仗惯了父母兄长，儿时都在学堂，没有沾过泥土，读了很多的书；青年时期刚被安排到镇上教书就碰上"文革"，读的书派不上用场了，要回来种地，教的是俄语；即使"文革"后恢复高考许多老师又重回了讲台，他也没有机会，因为英语取代了俄语的地位。我脑海里就有他在田埂上教我们几个孩子说俄语的情境，他个子高高的，又很清瘦，爱穿素净的白衣，做土地上的活永远慢条斯理，一天下来风飘飘只顾吹衣，草盛豆苗稀。后来我读到《孔乙己》总会想起他。根姓靠不上丈夫，面对生活的艰难必须自主强悍，不仅要拉扯孩子长大，还要拉扯身边这个一直称她为"表姐"的男人。

　　根姓生了四个孩子，分别是青枋、美珍、美琴、东升。青枋的名字是沿袭大嫂的长子常青之名而取的。那一代的人把太多的心血与汗水都给了土地和牲口，于是留给孩子的细腻温情只剩头一两个，后面生的孩子就想他们能依着前面的模样自我成长，或者更多的由哥哥姐姐拉扯大来。根姓的母爱更多地给了青枋和美珍，而公公婆婆的焦点留给了大嫂的常青。一家的生计要操持，孩子也要自己带。想是她言传身教得好，美珍从小就勤劳能干，哥哥妹妹都上学，她也不争，一面做些土地上的农活，一面带着小弟弟把破烂不堪的家料理得井井有条。花香飘逸总是藏不住，美珍年纪大些就被好多人惦记，前来说亲的人络绎不绝。根姓本来想等青枋成家后再定美珍的婚事，可青枋一心埋头在学业上，没有成家的心思，美珍又和邻村的男子好上了。这才不得不把美珍嫁了出去，美珍出嫁时有哭嫁的习俗，娘俩都抱头痛哭，舅舅抱上轿前美珍叮嘱父亲："爹，做自家的农活多上点心，多出点力，别什么事都推给娘。"她又偷偷地塞了一个红包到小弟弟手里。让根姓欣慰的是美珍出嫁时对方给的聘礼比大嫂家慧珍的体面。只是美珍嫁过去没多久，家里又要秋收了，青枞和美琴要交学费，东升今年也要入学，她下命令式地断了美琴的上学路，要她回来做农活，换东升去念书，美琴因为这件事对母亲一辈子耿耿于怀。重男轻女是老旧思想，根姄也想着这辈子要靠两个儿子，论母女亲近自己还有美珍。美珍嫁过去不久就给那家添了一个大胖孩子，亲家欢喜得不得了，常常让美珍带着孩子回娘家走动，虽然是外孙，可也是下一代人，根姄每回看着都欢喜，觉得生活有盼头，日子就是熬着一代又一代人来接下肩头的担子。

无风的夏季，那一夜星空很亮，根姄坐了一夜，那一夜很长很长像是翻不过去的书，门前的湖水也静止流动留下了永远的腥。美珍的儿子十岁左右吧，根姄带着一群孩子去湖里洗澡，夜幕覆盖了西天最后一抹残阳，孩子一个一个被唤上岸，只有最大的那个没有上来，等找人打捞时，孩子已经溺水很久了。根姄还没有来得及好好看大外孙一眼就被美珍夫家领走了。两家因为孩子的生亲上加亲，也因为孩子的死渐行渐远。美珍的丈夫也因为失去儿子受了刺激，常常酗酒，美珍的日子也不好过了。

青枞最懂根姄的心思，所以常常安慰根姄，"娘，天要收人，你也没有办法啊，我们好好把日子过好，以后多补给美珍家里一些。你别想不开，以后跟我过。"根姄看着还没有成家的东升，一命抵一命的念头熄了下去。

青枞高考落榜后，也回来种了地，媒人物色了个贵州的姑娘，成了家。一大家子人守着队里分的几块地，日子没有盼头。根姄想让青枞去省城闯一闯，青枞不愿意，根姄就自己抱着被子拖着三雄去到了南昌，托熟人租了个房子，做起卖菜的营生。卖菜是辛苦活，根姚肯吃苦做小本生意，有了些积蓄，都寄到村里给青枞买种子和农药。家里有些本钱后，青枞也跟着出来做些小生意了，让根姚不要卖菜了回家养老，以后每个月打生活费，根姚回到了家帮东升带孩子。青枞念过书，脑子好使，又喜欢交朋友。二十世纪九十年代末，国家大力搞建设，省城的房地产事业正蓬勃发展，青枞通过朋友接触到了这行，外出应酬越来越多了，身体开始有了不适，去医院查了才知道患了乙肝，医生叮嘱了好多忌口事宜，酒是万万碰不得。事业刚刚起步，圈子不能断了，青枞辗转了好多夜，想着把堂兄常青带出来，常青在村里做村支书，交际能力强，长得也威武雄壮，是干大事的人。常青的事业越做越大，远远超过了先来的青枞，青枞抱怨命运，迷上了赌博和买彩票，日子越过越窘迫。根姚看着儿子这样沉沦下去心里万分焦虑，做了一顿饭，给自己倒了一杯酒和青枞聊了一夜，"儿啊，儿啊，生老病死我们没有办法，可活着就要有活着的样子啊，你是大哥还有弟弟妹妹看着，也做了父亲，一双儿女也要抚养成人，娘一辈子再难也算把你们都拉扯长大了啊。"青枞听了根姚的话，在常青的底下讨生活，把自己没有实现的大学梦寄托在子女身上，平生最大的骄傲就是女儿很优秀，一直上的都是省城最好的学校，假以时日孩子会有个远大前程。

　　恶疾所苦的人是病魔的战俘，性命永远不在自己手上，即便再小心翼翼，命也如草芥蝼蚁。青枞乙肝复发了，到北京、上海求医也无果。回到了老家，半个月后去世了。人籁止熄，生命寂然，根姚悲痛不已，死死抓住青枞的手不肯放，生活的信念也跟着去了。

根姝想随儿子去了，可想着青枒留下半大未成家的儿女，她不能倒下。拉下了老脸，她去找常青商量，自己和青枒的妻子要把孩子养大来，往后要怎么去生活。常青安排了工地的食堂给她们承包，根姝随着工地跑了几年，直到那一对孩子都成了家。那口撑着她不放弃的气，终于可以歇下了。常青给自己的母亲在市郊买了个大房子，请了专门的保姆照料着，根姝回到了老家依靠着从不看好的嫁在村里的美琴，在日渐清冷的岁月里，走到哪儿算哪儿。

　　根姝的大嫂还剩最后一口气的时候送回到了村里，三天三夜的道场，花鼓队，子女婿孙堂堂齐齐，村里的长者还送来"伟大母亲"的挽联，丧事办得风光隆重。上山她坚持要送，天灰蒙蒙的，雨势热烈赶走了坟山的荒凉和空寂，长长的送葬人行，花鼓队先上路，长子常青抱着灵牌，大孙子往大路上奔跑，手里环抱着一大卷嘹亮的鞭炮，一路上人们的哭声和鞭炮声夹杂着，竟然有一种"喜庆"的福气。

　　意念，从遥远又回来，这一路她走得最动情，回头望一眼，叹息了一句：这本该是我的命啊，也是一生的回望。回到家后她躺在摇椅上，云缓缓出岫，天空是手染的绸，泼釉洒下。暮冬和初春之交，竟也是树与树的苍无与繁华更替，晨光荼蘼，照着她身上。我喊了一句：阿婆，吃饭了。

村里的日出

乌岗山的落日

元香婶

——只一片夕阳无限好

　　度日无欢的老人，如一台乌云制造机从年轻时起就兴风作浪让自己和身边人的头顶布满浓厚乌云，耳边流言蜚语的风，吹得经久不息。

　　有一回午后在村中闲步，路过刘老嫂家门口，和煦温暖的阳光洒落庭院，看着一大群老人围坐着，光与热从地底生起，脚步不由自主地踏了进去，奶奶们把话题都转向了我们，收获了大家满满的关怀与祝福。佳君感慨道："老人家都是很慈蔼又善良的啊！"我想了想玩笑地戏谑了一句："不啊，我外婆从年轻到现在都不是善茬。"她回过神来郑重其事地说："我奶奶就磨了别人一世，有一次我问我爸爸，你怎么评价奶奶啊，我爸爸竟然迟疑了好久，像电视剧断片一样突然卡住了。"她就是佳君的奶奶——元香婶。追忆往事如蜘蛛吐的网，层层叠叠包裹着一圈又一圈。

　　二婚的元香婶是嫁给我们村里同样二婚的庆来叔。庆来叔个子高大，常年有气管炎，说话时容易犯气喘听起来粗声粗语，头妻是个老实本分的妇人，孝敬公婆友好睦邻，勤勤恳恳吃苦耐劳，拿严苛的"七出"来休妻也只用得上其中的无所出。庆来叔对头妻谈不上半点怜爱，有时甚至拳脚相加，这段姻缘的了结倒成了头妻的解脱。元香婶个头不高，嗓门极大说起话来既清晰利落又具有准稳的杀伤力。嫁过来不久就生下了一个大胖小子，于是在家里的地位稳妥。夫妻关系也是一场博弈，若一开始没有两相平衡，先发制人的一方将永远以压倒式的力量，将另一方如蝼蚁般制服且能忽视一切的身高外形条件。元香婶不体恤丈夫，及其爱惜自己，家里的重活累活都不沾边，推给庆来叔，理由也是冠冕堂皇："你那么大的个子吃那么多的饭，不做事是脓包啊。我一个女人做不了，我一个人嫁到你家吃也是吃一口饭，你妈妈和几个妹妹全家人吃，我是不会帮你家卖命的。"庆来叔虽然是个粗人但是听到这样的言论好像也没有办法反驳，念着为家里续了香火，自己苦些累些也就忍了。元香婶吃住了庆来叔，两方一旦交战了，一方一味地退，另一方只会猛追猛打。在极其枯乏娱乐生活的农村，闲下来就意味着是非的端倪伸出触角如春日的红杏跃跃出墙。元香婶看上了村里一个小几岁的男子，男子相貌出众，也有家室，妻子也是村里有名的老虎婆。元香婶暗送秋波了好多次对方都没有回应，于是开始了更加主动热烈的追击，帮男子干农活，偷偷在男子的饭碗里埋荷包蛋等一系列不同寻常的行为，两人好上了。日子久了，这事成了村里人夏日傍晚围坐一起谈笑的那阵风。男子的妻子找来，对元香婶破口大骂，"不要脸的女人招惹别人老公"，元香婶身上那股劲就是只要自己不认错，谁来了找我就是谁的错，"你管不住自己老公是你没有本事，你没有权力管我"。庆来叔每天为家里的事忙里忙外，不是没有听到风声，只是自己在村里强横了大半辈子，不想坐实了元香婶偷人的行为，给自己扣上了绿帽子抬不起头。也会关起门质问元香婶，"你做了什么见不得人的事情？"元香婶就会扯着嗓子先声夺人："你这个死痨病，你看到我做了见不得人的事啊，你有证据啊，你说我，我也说你。"庆来叔要脸面，怕这样的叫嚷外人听见，就立马收住，不和元香婶吵下去。

　　时令半晴半雨的多，夫妻半睁半瞎地过。元香婶生了六个子女，庆来叔最疼爱的就是小女儿，生活也像八点档的肥皂剧，其余五个孩子的相貌都继承了庆来叔，扁平的五官，胖圆脸，高大粗壮，偏偏小女儿长得清瘦秀丽，脸廓分明，既不像庆来叔也不像元香婶，越长大越像某个绯闻男子，走路的神情都是有几分相像的。年轻时吞下的事，日后都化作了咳不出来又咽不下去的痰，庆来叔晚年气管炎更加严重，没有办法根治，咳得频率更高了，在村里只要听见人群议论的风，就开始咳，也成了一种最好的回应。庆来叔后来过世得很早，气管炎发病，医生说会传染，元香婶自然是离得远远地，不但不照顾还嘴里不留情"痨病要早早地走，不要活在世上害人"。大儿子在部队没法回来，二儿子在城里生活，三儿子在身边又和母亲一样害怕传染，每次送饭都只放门口，从不近身伺候，大女儿嫁到夫家不久轻生了，二女儿精神出了问题，只有那个众人皆以为非庆来叔所出的小女儿常常来探访照料。庆来叔咳了一辈子，气没有顺畅过，走的时候拉着小女儿的手，长长地舒了一口气，"爸爸这一辈子没白疼你"。

一个人若没有良善的品质，角色的转化或许会成为不同的人，但绝不能说是变成更好的人。元香婶不体恤丈夫也不孝敬婆婆，对小姑子的态度更是嫁出去的女儿泼出去的水，不容许她们来沾染娘家半分好处，家里的亲戚往来几乎断了。

大儿子参了军，留职部队有好职务，和家里的妻子有了矛盾，元香婶非但没有劝阻反倒助长儿子离婚，自诩儿子有个好单位，离了婚也能找到更好的，大儿子好好的一家四口就这样被拆散了，孙子孙女跟了儿媳妇不和她大儿子往来了，后来大儿子一直孤家寡人没有成家，得了癌症儿子女儿也没有来看一眼。二儿子玩心重游手好闲了一辈子，苦了二媳妇一个女人家骑着三轮车在大街小巷叫卖年糕拉扯一双儿女长大，元香婶也不劝阻二儿子收心归家，还处处为难二媳妇，说她是赔钱倒贴过来的，一吵起架就要提陈年往事，说二儿子当初有个好对象，不该娶这个媳妇，二媳妇记恨了元香婶一辈子。三儿子胆小且多以自我为中心，性格和她很相像，为了女方是个商品粮城里户口结得婚，元香婶却嫌弃三媳妇太能干，压得儿子死死的，常常没事就要来挑刺，让小两口不得自在。

大女儿很能干嫁了一个小自己几岁的老公，老公太年轻不太懂事，常发生口角，元香婶也不关心嫁出去的女儿，大女儿因为一次夫妻吵架想不开喝农药自杀了。二女儿从小精神不太正常，元香婶不疼爱，嫁到邻村后元香婶就像放下一个包袱一样把二女儿丢给了忠厚老实的二女婿。三女儿从小遭受村里人非议，长大后又被元香婶许配给了自己姐姐的儿子，三女儿嫁给了亲表哥，近亲结婚导致两个人生的儿子智力发育不健全，丈夫心思不在家里，一心想到外面再成家生个健全的儿子，三女儿只能自己独立拉扯儿子长大，攒一辈子钱给儿子娶了媳妇，生了一双好儿女，媳妇还是跟人跑了，现在三女儿不仅要带着自己一辈子长不大的儿子还有儿子的两个孩子，三个人把三女儿压得和庆来叔一样喘不上气。

对待外甥元香婶置若外人，对待自己的孙子孙女，有了两重看法：一重是先重男轻女，看重孙子胜过孙女，给几个孩子洗澡也是孙子洗头道水再给孙女洗二道水；二重是嫌贫爱富，三儿子家里过得富裕些，元香婶往"高"处走愿意给三儿子家带孩子，二儿子家落魄她也不愿挨边。

元香婶八十多岁了，一个人独居在村里。两条腿不利索，走起路来都靠挪动，但声音还是很洪亮，逢年过节媳妇回家她还是能吵得热热烈烈和外面鞭炮声一样沸反盈天。孙子孙女回来了她还是能思维清晰地辨清他们一个个在她心中的分量，压岁钱分几等的给。如果一个人年轻时不够智慧，老了不一定能化身智者，智慧与良善从来不是老年的附赠品，但是可以肯定的是在岁月长河的修炼里，老年人有更多的时间去沉思提炼。行将就木之时，日复一日都在审视过往的种种，拨开云雾撷取智慧。

清明节元香婶会打电话张罗后辈给庆来叔祭拜；大孙子结婚遇到彩礼上的困难，她振臂一呼，召集全家开会，一家人终究是一家人，谁遇到了问题都要来帮扶，她成了主持大局明事理的大家长；小姑子家的后生来家串门她也会偷偷塞个红包；孙女考上国编也成了她的骄傲。元香婶的身体一直很坚朗，孙子们觉得老人开始"长大了"，说如果奶奶活了一百岁就要在村里摆百桌酒席，她憨憨地笑了笑，声音在屋子里回荡。

我们要允许大人不懂事，他们也在不断地长大，别人五十岁就懂得道理，有些人要悟到百岁。

和佳君交谈时她常说对奶奶的情感很复杂，儿时没有享受过奶奶的慈蔼，还时常看见奶奶欺负妈妈，心里有过恨。但看着她渐渐地老去，岁月捶打她的身体，性情与棱角被磨平，又有了许多的不舍和怜爱。

"奶奶是个好人么？"

答案不重要了，每回过年我又能听到她和我妈妈吵着架，如同家家户户放鞭炮的仪式感，我才觉得是一家团圆的年味。

乌云制造机已经慢慢地老化失灵了，再回首时，只一片夕阳无限好。

后　记

是我在写他们，还是他们在改写我？

"遥指杏花村"的牧童，附了我的身上，而这一次我不单单是给路人遥指一个方向，还能穿针引线把这一片山河岁月、时空人物、村田农舍、江河大道说个明白。

感谢本书的图片供应者，摄影爱好家熊盛文先生。我们之间有个五年之约，他和太太每年中秋节前都进村，拍摄节前村里老人们为一家团圆筹备的忙碌身影，节日当天阖家赏月的欢欣，以及节后人群散去村里又只剩下老人的孤寂。十分有幸，有缘成为他们的乡导，我给他带路，他领着我走访，去记住那些人，那些事。

书名《木槿花下》，灵感来源于他拍摄的一张我坐在老屋桂花树下看书的照片。

于是那个在树下彷徨的姑娘，想用一支笔把那一代人的前世今生艰难岁月化为铅字。疫情第一年被困在村子的那段日子，执笔的念头跃跃欲试，现实生活的我晨起沿路漫步，夜间仰望星空对月沉思。

　　感谢书里给我述说故事的爷爷奶奶，当我告诉他们，我要把他们的事情记录下来，编织成册，他们既欣喜又羞涩，常常会说："我们这样乡下老人家的事，还有人会愿意看啊。"我为了给他们增长信心，说：你们的故事经过时间的沉淀，都会变成后人从中追寻岁月痕迹的黄金。他们不大听得懂，我便再补充道：老一辈的故事都是宝，我们都要听噢。

　　而我只是希望做一个微小的记录者，把那一代人的经历，如石激水面般，让人看到一点痕迹，即使终究要归于久久的沉寂。

完稿于二〇二二年四月

秋日里满村桂花飘香